KB273674

용혜원의 긍정의 기적

용혜원의 긍정의 기적

초판 1쇄   2010년 6월 1일
초판 3쇄   2011년 1월 20일
지은이   용혜원
펴낸이   김영재
펴낸곳   책만드는집

주소   서울 마포구 합정동 428-49번지 4층 (121-887)
전화   3142-1585·6
팩스   336-8908
전자우편   chaekjip@naver.com
출판등록   1994년 1월 13일 제10-927호
ⓒ 용혜원, 2010

* 이 책의 전부 또는 일부 내용을 재사용하려면 사전에 저작권자와
   책만드는집의 동의를 받아야 합니다.
* 잘못 만들어진 책은 구입하신 서점에서 교환해드립니다.

ISBN 978-89-7944-334-9 (03810)

이 도서의 국립중앙도서관 출판시도서목록(CIP)은 e-CIP
홈페이지(http : ///www.nl.go.kr/cip.php)에서 이용하실 수 있습니다.
(CIP제어번호 : CIP2010001775)

용혜원의

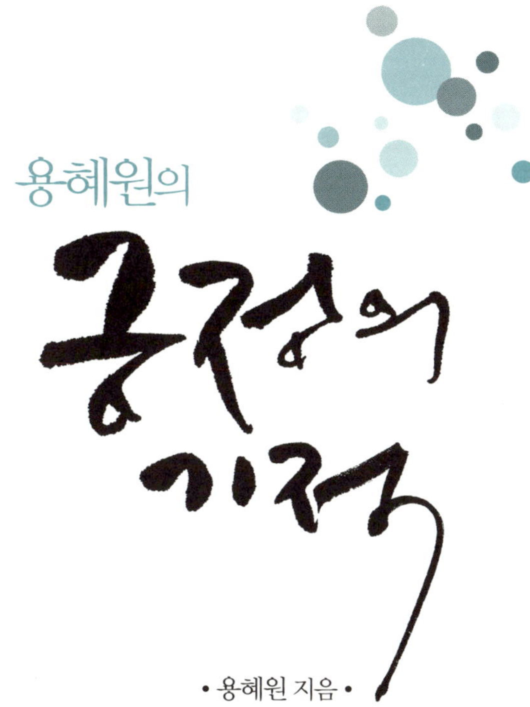

궁정의 기적

• 용혜원 지음 •

책만드는집

차례

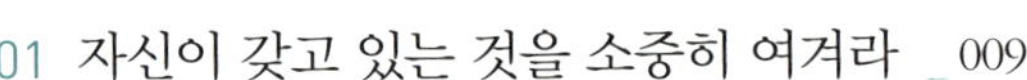

01 자신이 갖고 있는 것을 소중히 여겨라 _009

02 주어진 일에 최선을 다해라 _014

03 극복하지 못할 고통은 없다 _019

04 젊게 살아라 _023

05 자신을 필요로 하는 곳으로 가라 _028

06 삶의 목표를 분명하게 세워라 _033

07 어떠한 경우라도 용기를 잃지 마라 _038

08 열정을 다 쏟아라 _043

09 자신의 얼굴에 당당해라 _048

10 절망을 희망으로 바꾸어라 _053

11 칭찬과 격려를 잘 받아들여라 _057

12 모든 일을 근면하게 해라 _062

13 자신에게 주어진 기회를 잡아라 _067

14 자신의 꿈에 초점을 맞춰라 _073

15 삶의 변화를 기대해라 _077

16 자기 자신을 사랑해라 _082

17 꿈과 용기를 가지고 삶을 개척해라 _086

18 좌절과 분노를 이겨내라 _090

19 복잡한 문제일수록 간단히 생각해라 _094

20 어려운 환경을 딛고 일어서라 _099

21 항상 겸손해라 _103

22 긍정적으로 사고해라 _108

23 발상을 전환해라 _113

24 자신의 가능성을 믿어라 _118

25 재능을 마음껏 발휘해라 _125

26 시간 관리를 잘해라 _131

27 약점을 극복해라 _135

28 자신에게 찾아온 사랑을 놓치지 마라 _140

29 나에게 힘이 되어주는 사람을 만나라 _144

30 진실한 친구를 사귀어라 _149

31 관심을 갖고 대화를 시작해라 _154

32 쌓아놓은 불만을 쏟아내지 마라 _162

33 자신감을 갖고 마음의 통로를 열어라 _167

34 실수는 넓은 마음으로 용서해라 _173

35 행복한 마음을 표현해라 _179

36 정직하고 진실하게 말해라 _185

37 자신감 넘치는 말을 해라 _189

38 칭찬을 아끼지 마라 _196

39 감정을 절제해라 _201

40 대화로 풀어나가라 _206

41 상대방의 말을 잘 들어줘라 _213

42 사사로운 일로 남을 비판하지 마라 _219

43 열기가 넘치는 대화를 나눠라 _224

44 당당하게 의견을 표현해라 _229

45 잘못을 인정해라 _234

46 신중하게 생각해서 말해라 _238

47 긍정적인 언어를 사용해라 _242

01
자신이 갖고 있는 것을 소중히 여겨라

우리의 삶을 새롭게 변화시키는 자신감은 자신이 갖고 있는 능력을 소중하게 여길 때 만들어진다. 그래서 우리는 자신이 가지고 있는 작은 능력이라도 소중하게 여겨야 한다.

끝없이 펼쳐져 있는 백사장도 작은 모래 알갱이가 하나하나 모여 이루어진다. 거대한 바다도 작은 물방울에서 시작된다. 자신감도 아주 작은 것부터 소중하게 여길 때 더 큰 능력으로 나타난다. 우리 자신이 갖고 있는 작은 능력을 큰 능력으로 만들어가야 한다. 자신감이 없다면 삶에 큰 걸림돌이 될 것이다. 우리는 자신감을 갖고 우리

앞의 모든 걸림돌을 뛰어넘어야 한다.

페르시아의 왕 다리우스는 유럽을 정복하기 위해 전쟁을 일으켰다. 전쟁을 앞두고 다리우스는 적군인 알렉산더에게 선물을 보내면서 선전포고를 했다. 선물은 참깨가 가득 들어 있는 상자였다. 자신에게는 이렇게 군대가 많으니 패할 전쟁을 하지 말고 항복하라는 표시였다. 그것을 받은 알렉산더는 답으로 작은 봉투에 겨자씨 하나를 넣어서 다리우스에게 보냈다. 이것은 다음과 같은 뜻을 담고 있었다.

"우리가 작다고 무시하지 마라. 우리는 대단히 놀라운 힘을 가지고 있다. 그리고 우리는 강하다. 우리는 너희와 맞서 싸워 이길 준비가 되어 있다."

결국 알렉산더는 이 전쟁에서 승리를 거두었다. 상대방에 대한 확고한 자신감이 전쟁을 큰 승리로 이끌 수 있었다.

우리의 삶은 생존경쟁 속에 있다. 이 싸움에서 가장 중요한 것은 자신감이다. 싸움에서 이기기 위해서는 자신감부터 가져야 한다.

톨스토이는 이런 말을 했다.

"세상에서 가장 중요한 때는 바로 지금이고, 가장 중요한 사람은 지금 당신과 함께 있는 사람이며, 가장 중요한 일은 지금 당신 곁에 있는 사람을 위해 좋은 일을 하는 것이다. 그것이 우리가 이 땅에 살고 있는 이유다."

우리가 살고 있는 오늘이 중요하다. 오늘이 있어야 내일이 있고, 내일이 있어야 꿈꾸던 일을 해낼 수가 있다. 우리는 자신에게 있는 능력을 마음껏 발휘할 수 있도록 자신감을 가져야 한다. 주저하지 말고 앞으로 전진하는 자신감이 필요하다.

우리의 삶은 마라톤과 같다. 처음 출발이 빠르다고 끝까지 빠른 것도 아니고, 출발이 조금 늦었다고 반드시 마지막까지 늦는 것은 아니다. 무엇보다도 중요한 것은 처음부터 끝까지 달릴 수 있는 끈기와 또 그것을 가능하게 하는 능력과 자신감이다.

벨타 아담스 백쿠스는 이렇게 말했다.

"당신 자신을 위해 금고를 만들어라. 정성을 다해 튼튼하게 만들어라. 그리고 그 속에 당신의 고민을 모두 담아라. 과거의 실패도 자기 연민에 얽힌 슬픈 사연도 모두 담아라. 그 속에 당신의 고뇌와 번민도 모두 담아라. 그 다음 뚜껑을 닫고 그 위에 앉아서 크게 웃어라!"

자신감이 있는 사람은 자신의 삶을 통해 웃을 수 있는 여유가 있다. 자신도 기쁘고 다른 사람도 기쁘게 할 수 있는 삶을 살아간다.

우리가 자신감을 갖는 데 중요한 것 중 하나는 다른 사람 때문에 겁먹지 않고 당당하게 나가는 것이다. 스스로에게 불평하고 불만을 품는 것은 자신을 과거에 붙잡아 매어놓고 있는 것과 같다. 우리가 자신의 삶을 적극적으로 표현하고 자신감을 가질 때 삶에 새로운 변화가 생긴다.

자신감에는 흡인력이 있다. 우리가 원하는 것을 당기는 힘이 있다. 사람들이 우리에게 가까이 다가오도록 강력한 힘을 발휘해준다.

세상의 모든 일에는 저마다의 값이 있다. 그 값을 치르지 않으면 어떤 것도 손에 넣을 수가 없다. 땅속에 씨가 아무리 많아도 물이 없으면 아무 소용이 없다. 자신감을 갖고 세상에 꿈과 비전을 심고 열정의 비를 뿌려 열매를 거두어야 한다.

자신감이 있는 사람은 과거에 연연하지 않고 내일을 열어간다. 기회는 새와 같다. 날아가기 전에 붙잡아야 한다. 기회를 잘 잡기 위해서 필요한 능력이 바로 자신감이다.

우리의 삶은 짧다. 우리는 이 사실을 깊이 느껴야 한다. 머뭇거리다가는 평생 기회가 안 올지도 모른다. 알렉산더처럼 승리를 확신하는 자신감이 있어야 한다. 우리는 삶에서 목표를 정하고 그것을 열망하는 마음을 가져야 한다. 자신감을 갖고 열망하는 것들을 자신의 것으로 만들어야 한다.

오늘을 살아가는 많은 사람이 성공의 계단 끝을 빙빙 돌고만 있다. 현재 자신의 모습과 자신이 하고 있는 일에 불평과 불만을 가지고 살아간다. 우리가 성공의 계단 끝에 그대로 서 있느냐 한 계단씩 올라가 성공을 이루어내느냐는 자신감 있는 행동의 시작에 달려 있다.

자신감이 있는 사람은 자신이 하고자 하는 일에 서두르거나 망설이지 않는다. 우리는 자신감을 갖고 자기에게 주어진 모든 것을 소중하게 여겨야 한다. 자기에게 주어진 기회를 마음껏 펼쳐나가야 한다. 움츠리면 움츠릴수록 작아만 진다. 강하고 담대한 마음으로 자신감 넘치는 삶을 살아야 한다.

02
주어진 일에 최선을 다해라

평범한 일을 매일 평범하게 실행할 수 있는 것이 비범한 것이다.

＿앙드레 지드

우리는 자신감을 갖고 주어진 일에 최선을 다해야 한다. 삶에 분명한 목적이 있고 강한 자신감이 있는 사람은 시간의 소중함을 안다. 주어진 시간을 낭비하지 말고 매사에 책임을 다하며 살아가야 한다.

자신감은 스스로 해낼 수 있다는 자신과의 약속이며 믿음이다.

네팔과 중국의 국경에 있는 에베레스트 산은 세계 최고봉으로 모든 등반가가 오르고 싶어 하는 명산 중의 명산이다. 세계 최초로 이 산을 정복한 에드먼드 힐러리는 어떻게 그 험한 산을 정복했느냐는 질문에 이렇게 대답했다.

　“정상에 오르기 위해 어떤 고난도 참고 한 발자국씩 꾸준히 움직였더니 마침내 정상이었다. 나는 산 위를 보고 오른 것이 아니라, 발밑을 보고 걸었다.”

　세상은 우리를 부르고 우리를 원하고 있다. 우리는 세상을 향해 마음껏 자신감을 펼치며 살아가야 한다.

　칼럼니스트 앤 랜더스는 이렇게 말했다.

　“생각하는 시간을 가지십시오. 사고는 힘의 근원이 됩니다. 노는 시간을 가지십시오. 휴식은 변함없는 젊음의 비결입니다. 책 읽는 시간을 가지십시오. 독서는 지혜의 원천입니다. 기도하는 시간을 가지십시오. 고난이 왔을 때 도움이 됩니다. 사랑하는 시간을 가지십시오. 삶을 가치 있게 만들어줍니다. 우정을 나누는 시간을 가지십시오. 웃음은 영혼의 음악입니다. 나누는 시간을 가지십시오. 베푸는 일은 삶을 윤택하게 합니다. 가족과 함께 있는 시간을 가지십시오. 삶에 활력을 줄 것입니다.”

　자신에게 주어진 일에 최선을 다하는 사람은 활력이 가득하고 기쁨과 감동이 넘치는 삶을 살아간다. 도전하지 않으면 아무것도 이루어낼 수가 없다. 자신감이 있을 때 일을 성취하는 기쁨을 만들어낼 수 있다. 우리는 고생한 만큼, 최선을 다한 만큼 성공의 진한 맛을 알게 된다. 먹을 것이 아무리 많아도 배고프지 않으면 어떤 음식도

먹음직스럽게 보이지 않는다. 자신의 일에 열정을 갖고 최선을 다할 때 결과는 최대의 효과를 얻을 수 있다.

나무는 가지를 뻗쳐야 열매를 많이 맺을 수 있다. 작은 나무에서는 열매를 적게 거두고, 큰 나무에서는 열매를 많이 거둔다. 우리는 우리의 잠재력을 찾아내고 개발해서 자신감을 확대해나가야 한다. 자신감은 바로 우리 자신의 모습을 있는 그대로 표현하는 것이다.

우리의 삶에 순간순간 다가오는 좌절을 피할 수는 없다. 그러나 좌절 속에 빠져 있는 시간만큼은 노력으로 충분히 단축할 수 있다. 이 세상에 어려움을 당하지 않는 사람은 없다. 그 속에 빠져서 허우적거리지 말고 문제 밖으로 나와 해결해야 한다.

우리의 삶이 잔잔한 바다가 아니라 파도치는 생동감 넘치는 바다라면 자신감을 갖고 어떤 폭풍우라도 헤치고 나가야 한다. 우리는 자신감을 통해 어떤 고난도 이겨내야 한다. 힘든 고통조차도 아름다운 삶으로 극복할 수 있어야 한다.

우리는 자신에게 숨어 있는 능력을 깨우고 자신감으로 어려운 상황을 이겨낼 수 있도록 마음을 부드럽고 유연하게 만들어야 한다. 자신감은 그 어떤 스트레스도 이겨내게 만든다. 자신감을 잃게 하는 정신적 불순물을 제거해야 한다. 자신이 목표한 일에 최선을 다할 때 긴장을 풀고 모든 갈등을 해결할 수 있다. 모든 일의 시작과 결과는 우리의 마음에서 비롯된다.

리처드 바크는 『갈매기의 꿈』에서 이렇게 말한다.

"인간은 태어날 때 대리석과 그것을 연마하는 데 필요한 도구를 가지고 태어난다. 일생 동안 그것을 다듬지 않고 끌고 다닐 수도 있고, 자갈로 만들 수도 있고, 혹은 하나의 멋진 조각으로 만들 수도 있다."

우리는 자신감을 갖고 우리에게 주어진 삶을 멋진 작품으로 만들어야 한다. 이 아름답고 멋진 작품은 주어진 일에 자신감을 갖고 최선을 다할 때 만들어진다. 삶에 최선을 다하는 모습은 스스로가 바라보아도 멋질 것이다.

난관에 부딪혔을 때 자신 있게 대처해나가면 그 어떤 고난이 찾아와도 이겨낼 수 있다. 자신 있게 최선을 다하려면 두려워하거나 망설이지 말고 하고자 하는 일에 과감하게 뛰어들어야 한다. 자신감은 성공을 만들어주는 훌륭한 재산이기에 우리는 날마다 스스로를 단련하여 자신감을 키워야 한다. 성공하는 사람들은 자신의 일에 적극적으로 대처해나가는 사람들이다.

헨리 허드슨이 이렇게 말했다.

"의지가 있는 곳에 길이 통한다."

처음부터 길이 있는 것은 아니다. 길은 만들어가는 것이다. 우리는 우리에게 찾아온 실패도 잘 활용할 줄 알아야 한다. 성공은 실패를 발판 삼아 이루어진다. 실패도 잘 받아들여야 원하는 성공을 쟁취할 수 있다. 자신감이 있는 사람은 세상을 바라볼 때 심연을 바라보며 긍정적으로 다가간다.

우리는 삶에 재미를 느끼며 당차게 살아가야 한다. 자신감은 우리를 강하게 만든다. 오늘의 현실은 강한 자를 요구한다. 강하지 않으면 살아남을 수가 없다.

03
극복하지 못할 고통은 없다

자신감이 없는 사람은 고통이 다가오면 쉽게 무너진다. 그러나 자신감이 있는 사람은 고통과 시련도 잘 견디고 이겨낸다. 자신감이 있는 사람은 일한 후에 느끼는 보람을 아는 사람이다. 자신감은 우리가 가꾸어야 할 최고의 가치가 있는 마음의 재산이다.

헨델은 작곡가로 영국 여왕의 총애를 받을 만큼 그 명성이 대단했다. 그러나 그의 인기는 오래가지 않았고 결국 대중에게까지 외면을 당했다. 그런 데다가 건강마저 잃어 몸은 반신불수가 되고 말았다. 헨델은 병을 고치려고 했으나 도리어 빚만 지고 건강은 회복하지 못했다. 그는 결국 빚 때문에 감옥까지 가게 되었다. 이런 상황에서도 그는 자신감만큼은 잃지 않았다. 참혹한 절망을 이겨내고 작곡에만 몰두했다. 그렇게 자신에게 다가온 고통을 이겨내고 만든 작품이 세계적인 명곡 〈메시아〉다.

자신감을 잃지 않는 사람은 절망 속에서 도리어 찬란하게 피어난다.

자신에게 찾아온 고난에 빠져 벼랑으로 떨어지는 사람의 끝은 비참하다. 우리는 자신에게 찾아온 고난을 이겨내야 한다. 자신감을 갖고 희망을 향해 달리는 사람은 성공한다. 우리의 삶 도처에 절망과 고통이 널려 있다. 그곳에서 자신의 꿈을 펼치고 열매를 맺어야 한다.

우리는 용기를 내어 항상 도전할 수 있는 마음의 준비를 해야 한다. 근심 걱정에 빠져서 마음을 어지럽히지 말아야 한다. 항상 건강한 정신을 갖추고 우리에게 다가오는 실패로 생활이 어려워져도 차분하게 대처할 수 있는 마음의 자세가 필요하다. 힘든 고난과 빠져나오기 어려운 상황 속에서도 당당하게 살아남는 사람들이 진정한 삶의 의미를 아는 사람들이다.

우리에게 어떤 위급한 상황이나 다급한 일이 벌어졌을 때 우리의 진짜 모습이 나타난다. 우리는 어떤 상황에도 잘 대처할 수 있는 지혜와 감각이 있어야 한다. 질병에 걸렸을 때나 혹은 재난이 닥쳤을

 용혜원의 긍정의 기적

때, 가까운 이의 죽음을 맞이했을 때에도 서두르거나 당황해서는 안 된다.

어떤 고통도 이겨낼 수 있는 준비된 마음이 필요하다. 평소에 마음을 강하게 하는 훈련을 함으로써 어떤 상황에서도 자신감을 갖고 대처해야 한다.

우리는 우리에게 고난이 다가올 때 부정적인 생각부터 한다. 그런 잘못된 태도부터 버려야 한다. 성공을 성취해내는 사람들은 어떤 고통 속에서도 자신이 원하는 것을 직접 행동으로 옮긴다. 반면에 실패하는 사람들은 말로 끝을 낸다. 우리는 자신감을 갖고 목적한 바를 행동으로 옮겨야 한다.

성공은 삶의 기본 원칙이라는 자신감을 갖고 살아가야 한다. 사람들은 어떤 장애가 생겼을 때 그것으로 인해 자신감을 잃어버리곤 한다. 우리의 신체적 장애가 삶의 장애가 되어서는 안 된다. 성공에 가장 큰 장애가 되는 것은 자신감이 결여된 마음의 장애다. 마음의 장애는 정상을 비정상으로, 질서를 무질서로 만들어놓는다. 우리는 어떤 장애도 극복할 수 있는 자신감을 가져야 한다. 자신도 놀랄 정도로 멋진 삶을 만들어가야 한다.

우리의 꿈이 모두 완벽할 수는 없다. 완벽하지 않기 때문에 다듬어나가는 것이다. 우리는 배우고 성장하고 꿈을 섬세하게 잘 조정하여 성취해야 한다. 우리에게 찾아오는 기회를 극대화시켜서 좋은 결과를 만들어가야 한다.

다렐 로얄은 이렇게 말했다.

"잠재력이란 그것을 아직 하지 않았다는 의미일 뿐이다."

잠재력은 갖고만 있으면 아무런 소용이 없다. 우리에게 있는 무한한 잠재력을 찾아서 계발하고 그것을 발휘해야 한다.

파스칼이 말했다.

"오늘 우리의 성취는 어제 우리의 생각을 모아놓은 것에 지나지 않는다. 오늘 우리가 있는 곳은 과거의 생각들이 당신을 데려다 놓은 곳이며 내일 있게 될 곳은 오늘의 생각들이 우리를 데려다 놓는 곳이다."

생각이 중요하다. 생각이 우리의 삶을 차곡차곡 만들어간다.

세상에는 부정적인 사람과 긍정적인 사람이 있다. 자신감이 있는 사람은 매사에 긍정적이지만 자신감이 없는 사람은 매사가 부정적이다. 부정적인 사람은 삶에 회의적이고 종종 냉소적이다. 그러나 긍정적인 사람은 항상 개방되어 있고 어떤 일이든지 잘될 것이라는 믿음과 확신을 갖고 성공의 요소를 하나씩 만들어간다.

어려움을 극복하고 얻어낸 성취감이 더욱 값진 것이다. 우리의 소중한 삶을 값지게 만들어야 한다.

04
젊게 살아라

우리는 늘 젊게 살기를 원한다. 자신감이 있는 사람은 늘 젊고 당차게 살아간다. 그리고 자신감이 있는 사람은 나이가 들어 백발이 되고 얼굴에 주름이 가득해도 마음에서 끓어오르는 열정만은 어떤 젊은 사람도 따라갈 수 없을 만큼 뜨겁다.

롱펠로는 지금까지도 많은 사람으로부터 사랑받고 있는 시인이다. 그는 하버드대학에서 근대어를 가르치며 낭만적인 시를 써서 대중적인 사랑을 받았다. 세월이 흘러 그의 머리카락도 하얗게 세어버렸지만 얼굴 표정은 젊은이처럼 늘 싱그러웠다.

하루는 친구가 자신의 나이보다 훨씬 젊어 보이는 롱펠로에게 이렇게 물었다.

"자네는 오랜만에 만나도 여전히 젊군그래. 이렇게 젊음을 유지하는 비결이 뭔가?"

그러자 롱펠로는 정원에 있는 커다란 나무에 시선을 옮기며 말했다.

"저 나무를 보게나. 이제는 늙은 나무지. 하지만 저 나무는 매일 조금씩 성장하고 있어. 나도 그렇다네. 나이가 들어도 매일매일 성장한다는 마음가짐으로 살아가고 있다네. 인생은 언제나 성장해야 한다네."

살아 있는 모든 것은 성장한다. 성장을 멈춘 것은 죽은 것이다. 자신감이 있는 사람은 자라나고 성장하기를 멈추지 않는다.

자신감이 넘치고 가슴에 뜨거운 열정이 있는 사람은 늘 생각과 행동이 젊다. 성공한 사람들은 자신의 일을 충실하고 부족함 없이 해낸다. 일하는 시간 외에도 기회만 있으면 열심히 자신의 일을 한다. 그들이 일하기를 좋아하는 것은 일하고 난 뒤에 오는 성취감을 잘 알고 있기 때문이다.

경영 컨설턴트인 윌리엄 담로스는 성공 비결에 대해 이렇게 말하고 있다.

"인생은 마치 칠판과 같다. 분필로 자신의 미래를 마음대로 그릴 수가 있다."

우리는 성공할 수도 있고 실패할 수도 있다. 우리의 삶은 우리가 만들어간다. 그러므로 원하는 일이 있다면 도전해볼 가치가 있다.

우리는 항상 자신감으로 가득 찬 사람이 되기를 원해야 한다. 자신감은 우리가 여러 가지 장점과 재능과 재주를 가진 사람이라는 것을 확신하는 것이다. 자신감을 갖고 모든 일을 해나간다면 우리에게 있는 모든 힘과 능력이 더 강하게 나타날 것이다. 자신감을 갖고 늘 푸른 나무처럼 젊은 감각으로 일에 집중한다면 우리 자신도 놀랄 정도로 엄청난 성과를 거두게 될 것이다.

우리는 늘 푸른 나무가 되어야 한다. 하는 일에 자부심과 성취감을 갖고 일하는 사람들을 보면 모두 다 실제의 나이보다 젊게 보인다. 성취감은 삶을 생동감 있게 만들기 때문이다.

찰리 채플린은 이렇게 말했다.

"웃지 않고 보낸 날은 실패한 날이다."

우리가 기쁜 마음으로 원하는 일을 행할 때 비로소 그 결실을 맺을 수 있다. 싫어서 억지로 하는 일은 효과도 없고 짜증만 불러일으킬 뿐이다. 모든 일에서 즐거움을 찾을 때 삶에 보람을 느낀다. 이 보람은 더욱 강한 자신감으로 나타난다.

우리는 행복과 성공, 그리고 마음의 평화를 원하며 살아간다. 우리의 삶이 현재보다 더 나아지기를 원한다. 우리는 행복과 자신감, 그리고 성공의 원칙을 그대로 받아들일 때 보다 나은 삶을 살아갈 수 있다.

스스로 능력을 제한하고 자신감을 잃는 일이 없도록 노력해야 한다. 자신의 숨겨진 재능을 알아차리지 못하거나 일에 대한 걱정이나 두려움 속에 빠져 있다면 무력해질 것이다. 자신을 비하하거나 혐오하는 것은 얼마든지 발전 가능한 삶을 포기하는 것이다. 자신의 잠재력에 등을 돌리는 어리석은 행동을 해서는 안 된다.

우리의 행동이나 느낌이나 태도는 우리 스스로가 만들어내는 것이다. 이 모든 것은 우리가 자신감을 갖도록 해주는 가장 중요한 요소다. 자신감은 재능과 성공과 행복을 얻을 수 있는 지름길을 열어준다. 우리에게 자신감이 있을 때 비로소 마음의 문도 활짝 열리게 된다. 자신감이 있는 사람은 행복한 사람이다. 이들에게는 프로 정신이 가득하다. 우리는 자신의 능력에 대한 불신을 버리고 자신감을 갖는 습관부터 길러야 한다.

자신감이 없는 사람은 늘 불만과 짜증을 일삼는다. 무기력하게 짜증만 내면 얼굴 표정도 밝지 않다. 주변 사람을 괴롭히고 매사에 부정적이다. 반면에 자신감이 있는 사람은 가슴을 펴고 활기차게 살아간다. 얼굴 표정이 밝고 모든 것을 잘 받아들인다. 남을 포용할 수 있는 이해심이 있다. 우리는 삶 속에서 자신감을 갖고 성공을 성취해야 한다. 쓸데없는 갈등으로 고민하느라 시간을 흘려보내선 안 된다. 목표가 분명하다면 자신감을 갖고 앞으로 나가는 것이다. 성공하려면 뒤를 돌아보지 말고 앞만 보며 나가야 한다.

우리는 모든 잘못된 습관에서 벗어나야 한다. 최선을 다하고 난 후에 성공한 모습을 상상해봐라. 얼마나 멋진가? 우리의 내일은 우리의 희망과 꿈과 비전에 따라 달라진다. 미래가 활짝 열려 있다는 것을 확신하고 자신감을 갖고 미래를 만들어가야 한다.

05
자신을 필요로 하는
곳으로 가라

자신감은 우리가 순수한 열정을 가질 때 진가를 발휘한다. 자신감이 있는 사람은 노력을 게을리 하지 않는다. 늘 부지런히 움직이고 맡은 일을 꾸준히 해나간다. 그리고 하고 있는 일에 긍지와 자부심을 갖는다. 자신감이 있는 사람은 자신의 삶에 열매를 만들어놓지만 자신감이 없는 사람은 자기 혼란에 빠져 절망하고 자포자기하기 쉽다. 또한 자신에게 주어진 소중한 시간을 낭비한다.

슈바이처는 1952년 노벨평화상을 받기 위해 아프리카를 떠나 유럽으로 향했다. 파리까지 비행기를 타고 가서 다시 덴마크까지 기차를 타고 갔다. 슈바이처 박사가 온다는 소식을 전해 들은 기자들이 그를 취재하기 위해 함께 기차에 탔다.

기차 안에서 기자들은 슈바이처를 찾기 위해 특등실로 갔지만 슈바이처는 그곳에 없었다. 1등실에도 2등실에도 없었다. 기자들은 3등실에서 가난한 사람들을 진찰해주고 있는 박사를 찾을 수 있었다.

한 기자가 물었다.

"박사님! 어떻게 이렇게 누추한 3등실에서 고생하며 가십니까?"

이 말을 들은 슈바이처는 태연하게 대답했다.

"나는 즐길 곳을 찾아서 살아온 것이 아니라 나를 필요로 하는 곳을 찾아다니며 살아왔습니다. 지금도 나는 그렇게 살아가고 있습니다."

우리는 우리에게 있는 숨은 재능과 능력을 찾아내야 한다. 그리고 우리를 필요로 하는 곳에서 그 능력을 발휘해야 한다. 그림을 그려야 할 사람이 음악을 한다면 어떻겠는가? 시를 써야 할 사람이 요리를 한다면 어떻겠는가? 조각을 해야 할 사람이 과일을 팔고 있다면? 그 결과는 뻔한 것이다.

우리는 우리를 필요로 하는 곳에 있을 때 자신감이 생긴다. 우리는 자신감을 갖고 하고자 하는 일에 열정을 쏟아내야 한다. 그리고 긍정적인 목표를 구체적이고 명확하게 표현해야 한다. 사실을 사실대로 표현하지 못하면 거짓이 된다. 거짓은 자신감을 잃게 한다. 하지만 진실은 자신감을 충만하게 만든다.

우리는 하고자 하는 일을 제대로 파악해야 한다. 그러면 어떤 경우에도 잘 대처하는 지혜를 발휘할 수 있으며 어떤 위기 상황도 이겨낼 수 있다. 우리는 살아가면서 때때로 감정에 휩쓸릴 때가 있다. 그러나 우리가 확고한 자신감을 갖고 있다면 감정에 끌려다니기보다는 상황을 객관적으로 바라보며 처리해나갈 수 있다. 우리는 어떤 것들이 우리에게 힘을 주는지, 어떤 것들이 우리를 무력하게 만드는지 잘 알고 대처해야 한다.

우리가 분명히 알아두어야 할 것은 필요한 것들이 필요한 곳에 있을 때 그 능력을 제대로 발휘할 수 있다는 것이다. 그래야만 올바른 대접을 받는다. 우리는 우리를 필요로 하는 곳에서 꼭 필요한 존재가 되어야 한다. 필요한 존재가 된다는 것은 참으로 기분 좋고 행복한 일이다.

사람에는 세 종류가 있다고 한다.

꼭 필요한 사람, 있으나 마나 한 사람, 있어서는 안 되는 사람.

우리는 꼭 필요한 사람이 되어야 한다. 하고 싶은 일을 하면서 즐거움을 느끼고 삶의 여유로움 속에 자신감이 충만한 삶을 살아야 한다. 자신감이 없을 때 삶은 숨이 막히도록 괴로워진다. 그러나 자신감이 있으면 기쁨 속에 살아 있다는 즐거움을 더 깊이 느낄 수 있다. 우리는 살아 있다는 기쁨, 살아갈 수 있는 힘과 능력이 있다는 기쁨을 누려야 한다.

자신감을 갖고 성공하기를 원한다면 삶의 균형을 깨지 말아야 한다. 오직 결과에만 집착하고 매달리기보다는 삶의 균형을 제대로 잡아야 한다. 우리의 능력과 인간관계, 그리고 건강이 조화를 잘 이루어야 한다. 모든 일에 더 큰 자신감을 갖고 우리에게 주어진 일에 최대의 효과를 나타내야 한다.

조지 버나드 쇼는 이렇게 말했다.

"사람들은 자기들이 자라온 환경 때문에 이 모양 이 꼴이 되었다고 항상 불평을 한다. 나는 환경이 그렇게 중요하다고 생각하지 않는다. 이 세상에서 출세하는 사람들은 자리에서 일어나서 원하는 환경을 찾아보고, 만일 찾을 수 없을 때는 그것을 만들어가는 사람들이다."

우리는 성공의 환경과 여건을 만들어가야 한다.

미국인 교사 미리엄 로즌은 이렇게 말했다.

"그대의 꿈의 가장자리에서 망설이고 헤매는 것을 그만두어라. 아무것도 하지 않고 많은 시간 그리고 오랜 세월 동안 소망한다고 해서 그대가 그리는 생활이 찾아오지는 않는다. 앞으로 밀고 나가

라. 그리고 행동해라. 그것을 얻기 위해 움직여라. 그것을 얻기 위해 노력해라. 가서 그것을 잡아라!"

이 세상에 그 어느 것도 쉽게 얻어지지 않는다. 피와 땀과 눈물로 이루어진 성공이 진정한 성공이다. 성공은 결코 우연히 이루어지지 않는다. 성공을 원한다면 자신감을 갖고 자신을 필요로 하는 곳으로 가야 한다.

06
삶의 목표를 분명하게 세워라

확고한 목표를 지닌 인간은 그것을 반드시 성취하도록 되어 있으며,
그것을 성취하고자 하는 그의 의지를 꺾을 만한 것은 아무것도 없다. __디즈데일리

자신감이 있는 사람은 삶의 목표가 분명하다. 누구에게나 분명하게 자신의 꿈과 희망을 말할 수 있어야 한다. 목표가 없는 사람은 삶 자체가 무의미하다.

무슨 일이든지 걱정부터 해서는 안 된다. 자신감을 갖고 힘든 상황을 돌파해나가야 한다.

미국 오하이오 주의 자전거 수리공이었던 라이트 형제는 당시 수많은 엔지니어가 시도했다가 실패했던 비행기를 발명하는 꿈을 이루어냈다. 그들이 꿈을 이루어낼 수 있었던 것은 목표가 분명한 삶

을 살았기 때문이다.

꿈이 있는 사람은 자신감이 있다. 자신감에는 기다림과 인내가 있다. 원하는 것을 이룰 때까지 도전하는 것이다.

라이트 형제는 분명한 목표가 있었기에 비행기를 발명할 수 있었다. 우리에게 자신감이 있고 삶의 목표가 분명하다면 우리의 삶은 분명히 소원의 항구로 인도될 것이다. 우리는 끝까지 열정을 다 쏟아서 목표를 완성해나가야 한다. 목표를 성취했을 때의 기쁨이 얼마나 놀라운 것인가는 경험해본 사람만이 알 수 있다.

목표가 있으면 자신감을 갖고 실천해야 한다. 마음속으로만 생각하는 것이 아니라 행동으로 옮겨 이루어내는 것이다. 우리가 목표를 이루려고 할 때 거리상이나 시간상으로 너무나 멀리 떨어져 있다는 생각을 할 때가 있다. 그러나 중요한 것은 거리나 시간상의 제한이 아니라 목표를 이루겠다는 생각과 의지다.

우리는 무엇을 먼저 시작해야 하는지 분명하게 알아야 한다. 삶에 목표가 없는 사람은 희망이 없는 사람이며 자신감과 의욕도 없다. 운동 선수도 분명한 목표가 있고 예술가도 기업가도 정치가도 교육자도 모두가 자신의 목표가 있다. 목표가 분명하지 않으면 실패가 더 빨리 찾아온다. 분명한 목표가 있을 때 자신의 능력에 더 관심을 갖게 되고 마음을 집중하게 된다. 그리고 초점을 명확하게 하고 자신감 있게 도전하게 되는 것이다.

성공하는 데 있어서 목표 설정이 가장 중요하다. 잘못된 목표를 설정하면 삶의 방향이 잘못된 곳으로 향한다. 하지만 분명한 목표를 세우면 원하는 곳에 이르게 된다. 우리의 목표는 간결하고 단순하고 명확해야 한다. 군더더기가 많고 복잡하면 실패하기 쉽다.

그리고 꾸준히 노력할 때 성공을 이루어내는 것이다. 우리의 닫힌 마음을 허물어야 한다. 열린 마음을 가져야 자신감이 생긴다. 자신감이 있으면 마음이 밝고 환하게 변하는 것을 느낄 수 있다. 자신감이 있는 사람은 변화를 두려워하지 않는다. 또한 자신의 부족한 점을 극복하려는 겸손한 자세가 있다. 우리가 자신감을 갖고 성공하려면 그날그날의 목표를 실현 가능한 단계로 나누는 것이 첫 번째로 할 일이다.

모든 일은 하루아침에 이루어지지 않는다. 성공의 작은 조각들이 차곡차곡 쌓여야 비로소 완성되는 것이다. 이 사실을 알고 계획을 세우면 평생 목표와 중간 목표, 당면 목표가 정해진다. 평생 목표로 무엇을 하겠다는 확고한 자신감이 자리를 잡을 때 주어진 현재의 시간을 어떻게 사용해야 하는지가 분명해진다. 그리고 우리의 온 정신과 노력이 세부 목표에 자연스럽게 집중될 수 있다.

어니스트 뉴먼이 이런 말을 했다.

"위대한 작곡가는 영감이 떠오르기 때문에 일을 시작하는 것이 아니라 일을 하면서 영감을 떠올린다. 베토벤, 바흐, 그리고 모차르트는 회계사가 계산을 하듯 규칙적으로 곡을 썼다. 그들은 영감이 떠오르는 것을 기다리느라 시간을 허비하지 않았다."

성공은 무조건 다른 사람보다 앞서 가는 것이 아니다. 성공이란 우리의 과거보다 현재가 나아지고, 현재보다 미래가 나아지는 것이다. 우리는 내일이 다가올수록 끊임없이 자신의 능력을 개발하는 사람이 되어야 한다. 목표가 분명하면 삶의 모든 에너지를 한곳으로 모을 수 있다. 아무리 사소한 것이라도 뭉치면 커다란 힘을 발휘한다.

우리의 삶은 우리가 책임져야 한다. 좋든 나쁘든, 성공하든 실패하든, 행복하든 불행하든, 공평하든 불공평하든 우리 인생의 주인은 우리 자신이다. 그러므로 우리는 삶의 목표를 분명하게 정해야 한다. 배가 항구를 떠나도 가야 할 목표가 뚜렷하지 않다면 표류하고 말 것이다. 우리도 목표가 분명해야 가치 있는 삶을 살 수 있다.

폴 마이어는 성공의 비결에 대해 이렇게 말했다.

"모든 것을 실현시키고 달성시키는 열쇠는 목표 설정이다. 나에게 어떻게 해서 성공했느냐고 묻는다면 나의 성공의 75%는 목표 설정에 있었다고 단언할 수 있다. 인간은 현재의 얼굴과 바라는 얼굴의 두 얼굴을 가지고 있는데 이 두 얼굴은 대체로 겹쳐지지 않는다. 그래서 불평불만이 나오고 결국은 실패의 비극을 맛보게 된다. 단순한 꿈과 목표는 다르다. 꿈은 정적인 생각이고 목표는 동적인 행동이다.”

궁사가 쏘는 화살은 표적이 정확해야 명중률이 높아진다. 우리의 삶도 마찬가지다. 우리의 삶에 목표가 분명하고 정확해야 자신감도 생기고 목표한 것을 확실하게 이루어갈 수 있다.

07
어떠한 경우라도 용기를 잃지 마라

고통에서 도피하지 마라. 고통의 밑바닥이 얼마나 감미로운가를 맛봐라.
_헤르만 헤세

이 세상을 살아가는 모든 사람에게는 어느 순간 비극이 찾아오게 마련이다. 그러나 자신감이 있는 사람은 자신에게 닥쳐온 불행 속에서도 용기를 갖고 다시 일어난다. 자신감에는 생명력이 가득하다.

셰익스피어, 호메로스, 단테와 함께 세계 4대 시성으로 꼽히는 괴테는 83세까지 천재적인 재능을 발휘하여 작품을 썼다. 그의 젊은 날의 사랑을 담은 『젊은 베르테르의 슬픔』은 당대는 물론 지금까지 널리 읽히는 불후의 명작이다.

괴테는 지상에서 가장 큰 불행이라고 말할 수 있는 전쟁 속에서도 흔들리지 않고 과학과 문학, 그리고 미술의 세계에 몰두했다. 피난 길에서 나폴레옹을 만난 적이 있었는데 괴테를 가리켜 나폴레옹은 이렇게 말했다고 한다.

"저 사람이야말로 참다운 인간이다!"

우리는 우리에게 다가오는 불행과 고통을 인내심을 갖고 이겨내야 한다. 불행이 다가와도 굴하지 않고 새로운 변화의 계기로 만들어야 한다.

우리가 불행에 빠져 절망하면 자신감을 잃게 된다. 실패에 대한 두려움 때문에 진정으로 원하는 것을 하지 못한다. 도전해볼 용기조차 내지 못한다. 분명하게 알아야 할 것은 우리의 마음 밖에 있는 것은 그 어떤 것도 우리를 방해하지 않는다는 것이다. 우리를 방해하는 것은 바로 우리 자신이다.

두려움은 우리의 삶을 제한하고 위축되게 하고 궁지로 몰아넣는다. 두려움은 우리를 종종 넘어뜨린다. 장애물을 만들고 우리가 쉽게 포기하게끔 한다. 우리를 잘못된 행동으로 이끌어 죄의식과 걱정을 만든다. 만약 우리가 두려움 때문에 자신감을 잃어버려 용기를 내지 못한다면 우리는 현재의 상태에서 벗어날 수 없다. 죽기 살기로 무조건 매달린다고 원하는 대로 되는 것도 아니다. 자신의 능력과 자신감을 잘 조화시켜야 한다.

두려움은 자신감을 좀먹고 자부심을 부패시키며 오랜 시간에 걸쳐 우리가 인생의 낙오자라는 생각이 들게끔 한다. 두려움이 우리를 지배하도록 내버려 둔다면 우리는 성공적인 삶을 살아갈 수 없다.

우리는 누구나 능력을 충분히 발휘하여 최고가 되기를 원한다. 부와 명예와 권세를 얻고 싶어 한다. 자신의 모습이 현재와 달라지기를 원한다. 누구보다도 건강과 행복을 누리기를 원한다. 의미 있는 인간관계 속에서 존경받기를 원한다. 사랑과 기쁨과 만족을 원하며 살아가고 있다. 우리가 자신감을 갖고 나가면 원하는 것을 얻을 수 있다. 그러므로 우리는 두려움을 극복하고 용감하게 목표를 향해 나가야 한다.

우리는 불행을 극복하고 원하는 것을 이루기 위해 할 수 있다는 믿음과 확신을 가져야 한다. 말로만 할 수 있다고 외치면 안 된다. 움직여서 행동을 만들어내고 결과를 얻어야 한다. 자신감을 갖고 원하는 것을 위해 행동을 해나간다면 결과는 분명히 돌아올 것이다. 자신감은 우리에게 분명한 결과를 만들어준다. 그러므로 자신감을 갖고 새로운 변화를 시도해야 한다.

존 맥스웰이 이렇게 말했다.

"세상이 당신에게 잘해주고 있다고 느끼는가? 세상에 대한 당신의 태도가 훌륭하다면 당신은 보다 좋은 결과를 얻을 것이다. 세상에 대한 당신의 느낌이 그렇고 그렇다면 세상으로부터 오는 반응도 그럴 것이다. 당신이 세상에 대해 좋지 않은 감정을 가지면 당신은 인생에서 부정적인 결과만을 얻게 될 것이다.”

우리는 우리에게 다가오는 어떠한 절망과 고통도 이겨낼 수 있는 자신감을 가져야 한다. 성공한 사람들은 과거의 실패와 불행조차 기꺼이 받아들인다. 인간에게 정신력보다 강한 것은 없다. 탐구하는 정신, 도전하는 정신, 인내하는 정신, 그리하여 마침내 성취하는 정신이 우리의 삶을 보다 의미 있게 만든다.

땀 흘리지 않고 성취되는 일은 없다. 땀을 흘리는 가운데 행복이 있다는 것, 땀을 흘리는 가운데 성취의 기쁨이 있다는 것, 땀을 흘리는 가운데 보람이 있다는 것을 알고 살아갈 때 자신감은 더욱더 넘치게 된다.

우리는 실패를 두려워하지 말고 자신감을 갖고 뛰어넘어야 한다.

실패의 의미 – 로버트 H. 슐러

실패는 당신이 실패자임을 의미하지 않는다.
실패는 다만 당신이 아직 성공하지 못했음을 의미할 뿐이다.

실패는 당신이 아무것도 성취하지 못했다는 걸 의미하지 않는다.

실패는 다만 당신이 무엇인가를 새로 배웠음을 의미할 뿐이다.

실패는 당신의 위신이 손상된 것을 의미하지 않는다.

실패는 다만 당신이 무엇인가를 용감히 시도했음을 의미할 뿐이다.

실패는 당신이 틀렸다는 것을 의미하지 않는다.

실패는 다만 당신이 다른 방법으로 해야 한다는 것을 의미할 뿐이다.

실패는 당신이 열등하다는 것을 의미하지 않는다.

실패는 다만 당신이 완전한 존재가 아님을 의미할 뿐이다.

실패는 당신이 인생을 낭비했다는 것을 의미하지 않는다.

실패는 다만 당신이 다시 출발해야 할 좋은 이유를 갖고 있음을 의미
할 뿐이다.

 용혜원의 긍정의 기적

08
열정을 다 쏟아라

우리에게는 타오르는 열정이 있다. 자신감이 있는 사람은 그 열정을 다 쏟아낼 수 있다. 열정은 쏟으면 쏟을수록 더 놀라운 열정을 만든다. 이것이 바로 자신감의 법칙이다.

카네기의 첫 번째 직업은 방직 공장 직원이었다. 그러나 그는 증기기관차 화부, 기계공, 우편 배달부, 철도원 등 많은 직업에 종사했다. 카네기는 어떤 일을 할 때나 자신감을 갖고 모든 열정을 다 쏟았다. 그는 새로운 직업을 가질 때마다 그 분야에서 일인자가 되고자 했다. 그는 결국 강철왕이란 별명과 함께 세계 역사에 남을 사업가가 되었다.

그의 꿈이 이루어진 것은 그가 자신감을 갖고 원하는 것을 이루기 위해 노력하며 열정을 다하는 삶을 살았기 때문이다.

카네기는 세계 최고의 부자로 혼자만의 욕심을 부리며 산 것이 아니라 자기가 가지고 있는 부를 나누어 문화, 교육, 국제 평화 등에 이바지하기 위해 연구소와 재단을 세웠다. 미국의 유명한 카네기홀도 그가 세운 것이다. 자신의 삶에 최선을 다하고 그 결과를 나눌 줄 아는 사람은 자신감이 넘치는 삶을 살아가는 사람이며 정말 멋진 사람이다.

미국 30대 대통령 캘빈 쿨리지는 이렇게 말했다.

"이 세상에서 그 어떤 것도 끈기를 대신할 수 없다. 재능도 그렇게 해주지 못한다. 재능은 있으나 성공하지 못한 사람들이 아주 많다. 천재성도 그렇게 해주지 못한다. 천재성이 무용지물이 된 사례는 널리 알려져 있다. 교육도 끈기를 대신할 수 없다. 이 세상에는 교육받은 낙오자들이 넘친다. 끈기와 각오만이 무한한 힘을 갖고 있다. '계속 밀고 나가라!'라는 표어는 지금까지 그래왔거니와 앞으로도 언제나 인류의 문제들을 해결해줄 것이다."

자신감은 어려움이 있을 때 극복해나가도록 하는 힘이 된다. 좌절에 빠지는 사람은 자신감을 상실한 것이다.

 용혜원의 긍정의 기적

자신감이란 마음의 확신이다. 자신감은 돈으로 살 수 없다. 자기 스스로가 만들고 가져야 하는 것이다. 자신감이 생겨야 자신이 변하고 있다는 것을 알게 된다. 자신감이 있으면 사람을 만나고 그들과 대화를 나누는 데 두려움이나 수줍음을 느끼지 않게 될 것이다. 우리는 자신감을 가진 사람이 되어야 한다. 자신감을 가지고 머뭇거리거나 수줍어하는 마음을 없애야 한다. 자신감이 있으면 넉넉한 마음으로 원하는 일을 해나갈 수 있다.

자신감이 없는 또 하나의 원인은 열등감 때문이다. 자신감이 없으면 결단력이 부족해질 수밖에 없다. 우리는 각자 자기 나름대로의 자신감을 갖고 있다. 우리가 가지고 있는 자신감을 확대해나가야 한다.

우리는 자신감을 갖고 자신의 길을 가야 한다. 정도를 걷고 정도를 행하는 사람이 자신감이 있는 사람이다. 성공을 위해 모든 수단과 방법을 가리지 않고 남을 괴롭히는 사람은 성공한 사람이 아니라 성공을 약탈하는 사람이다. 우리에게는 순수한 마음이 필요하다. 만족할 줄 알고 이해하고 나누는 마음이 필요하다.

자신감이 없는 사람은 수다스러울 정도로 핑계와 변명이 많다. 머리가 나쁘다, 가정 환경이 안 좋다, 의지력이 약하다, 몸이 원래부터 안 좋다, 비위가 약하다, 집중력이 떨어진다, 결단력이 없다 등 이유가 각양각색이다.

이런 열등감을 갖고 있으면 자신감이 상실된다. 우리에게 자신감이 있어야 갖고 있는 모든 열정을 다 쏟아낼 수 있다. 그러므로 우리는 열등감에 사로잡히지 말고 자신감을 갖고 모든 일을 헤쳐나가야 한다.

카네기가 성공할 수 있었던 원동력은 바로 자신감이었다. 자신감이 있기에 어떤 일을 하든지 열정을 다 쏟을 수 있었다. 우리도 열정을 다 쏟는다면 새롭게 능력을 개발하고 그것을 발휘할 수 있다. 우리는 자신감을 갖고 다른 사람들의 눈이나 입에서 자유로워져야 한다.

우리가 성공하면 지금까지 겪어온 아픔과 모든 고난을 하나의 즐거움으로 기억할 수 있다. 자신감이 있고 목적 의식이 분명하면 어떤 일이라도 해낼 수 있다. 하지만 자신감을 잃으면 실패와 고뇌, 패배 의식, 절망이 찾아온다.

우리를 괴롭히는 것들에서 벗어나야 한다. 비행기를 타면 구름이 가득 낀 날에도 구름 위에는 찬란한 햇살이 쏟아지는 것을 볼 수 있다. 우리의 삶도 마찬가지다. 우리가 자신감을 갖고 우리를 절망하게 하는 것에서 벗어나면 희망이 가득해오는 것을 느낄 수 있다.

우리는 실패를 두려워하기보다 진지하지 못한 것을 두려워해야 한다. 우리가 자신감을 갖고 진지하게 행동한다면 실패한다 해도 재기할 수 있는 용기를 가질 수 있다. 무엇이든 시작하기도 전에 불가능하다는 생각부터 하는 것이 문제다. 우리는 긍정적인 사고방식으로 항상 성공을 만들어내야 한다. 실패를 두려워한다면 아무것도 이루어내지 못할 것이다. 실패하면 좌절하지 말고 자신감을 회복시키고 재도전하여 그 실패를 딛고 일어서야 한다. 자신감을 막아놓고 있다면 아무것도 할 수 없다. 충만한 자신감이 성공의 비결이다.

09
자신의 얼굴에 당당해라

우리의 모든 자신감을 삶에 쏟아내 다양하고 멋진 삶을 살아야 한다. 링컨의 얼굴을 보고 미남이라고 할 사람은 한 사람도 없을 것이다. 그러나 링컨의 얼굴을 보면 주름이 깊숙이 알맞게 자리 잡고 있다. 높고 두툼하면서 쭉 뻗은 코가 그렇게 시원할 수가 없다. 거기에다 보기 좋게 늘어진 인중이라든가 그 밑에 단정하게 자리 잡고 있는 입술을 봐라. 가만히 링컨의 입술을 쳐다보면 아랫입술이 윗입술의 상당한 부분을 덮고 있다. 거기에다가 엄청나게 큰 귀와 살이 하나도 없는 광대뼈가 멋있다. 링컨의 얼굴은 대단히 복잡한 것 같으면서도 단순하다. 촌스러우면서도 범접할 수 없는 어떤 위엄을 가지고 있다. 입만 열면 유머가 쏟아져 나올 것 같은 얼굴이다. 이것이 바로 노예 해방을 한 대통령의 얼굴이다.

우리의 얼굴을 살펴봐라. 얼마나 멋진 얼굴인가? 자신의 얼굴에 자신이 있어야 멋진 삶을 살 수 있다.

눈이 정직한 사람은 자신감이 넘친다. 사람의 몸 가운데 가장 정직한 부분이 눈이다. 눈은 있는 그대로를 본다. 꽃과 하늘, 푸른 숲과 바다의 아름다움을 보고, 땀 흘리며 열심히 살아가는 사람들의 환희에 찬 순간을 본다. 그러나 눈은 그것을 만들기까지의 과정은 보지 못한다. 눈이 보지 못한 그 과정은 사뭇 눈물겹다. 감동이 넘친다. 그래서 더욱 아름답게 느껴지는 것이다. 우리의 얼굴과 우리의 모든 것도 온전히 이루어지기까지의 과정이 아름답다. 자신의 모습을 사랑해야 한다. 우리가 자기 자신을 사랑함으로 세상은 좀 더 밝아지고 보다 행복한 곳이 될 수 있다.

불워리튼이 이렇게 말했다.

"잘난 얼굴이 추천장이라면 선한 마음은 신용장이다."

모든 사람이 성공을 위해서 살지만 무엇보다도 사람됨이 먼저다. 그러므로 우리의 모습에 늘 감사하며 마음을 가꾸는 데 힘써야 한다. 자신감이 있는 사람은 당당해 보인다. 그 사람 곁에만 있어도 기분이 좋아진다. 삶을 넉넉하게 살아가는 모습을 바라보는 것도 기분 좋은 일이다.

삶의 지혜는 뜻밖에도 우리 가까이에 있다. 그런데 우리는 무심코 그것을 지나쳐버릴 때가 많다. 우리 모두가 자신의 삶이 아름답게 피어나기를 원한다. 그러나 세상이 오늘도 아름답게 존재하는 것은 꽃으로 살다 간 사람보다 거름으로 살다 간 사람이 많기 때문이다. 우리가 남의 장단에 들뜨고 허둥대면 단추를 잘못 채우기가 쉽다. 첫 단추를 잘못 꿰면 마지막에 가서 단추를 모두 풀어야 한다. 우리의 삶에 자신감을 갖고 삶의 의미를 곰곰이 새겨 지혜롭고 슬기로운 삶을 살아가야 한다.

우리가 자신의 모습에 자신이 없으면 삶의 의욕을 상실하게 된다. 거울을 보고 외쳐봐라.

"나는 이 세상에서 최고의 걸작품이다!"

우리는 누가 뭐라 해도 이 세상 최고의 걸작품이다. 우리는 세상 하나뿐인 소중한 존재이기 때문이다. 그러므로 자신의 얼굴과 자신의 모습을 있는 그대로 받아들이고 자신 있게 살아야 한다. 자신을 인정하고 그것을 당당하게 나타내는 사람이 자신감 있는 사람이다.

우리는 이 세상에 태어난 몫을 분명히 해야 한다. 우리가 만일 아무것도 하지 않는다면 아무런 의미가 없는 삶을 살아가는 것이다.

 용혜원의 긍정의 기적

자신을 소중하게 생각하지 않는 사람은 다른 사람도 소중하게 생각하지 않는다. 우리는 이 세상에서 가장 소중한 존재이며, 그 소중한 삶에 초대받은 사람들이다. 이 얼마나 멋진 삶인가? 우리는 자신감으로 충만한 삶을 살아야 한다.

자신이 타인보다 뛰어난 부분을 찾아내는 것 이상으로 중요한 일이 있다. 그것은 지금의 자신과 비교해서 항상 전진하는 노력을 게을리 하지 않는 것이다. 다른 사람을 맹목적으로 부러워한다든가 다른 사람이 자신을 어떻게 볼까 의식하기보다는 스스로 늘 반성하면서 앞으로 전진하려는 노력을 기울이는 것이 더 중요하다. 그리고 잘못했던 부분도 계속 노력해서 향상해나가면 자신감이 붙어 자신 때문에 괴로워하는 일이 없어질 것이다.

링컨은 일곱 번이나 선거에서 실패를 했다. 그러나 끈기와 자신감으로 미국의 16대 대통령이 되었다. 링컨은 특유의 자신감으로 남을 웃기는 재치와 유머를 잘 사용했다. 우리가 소망하는 것들이 분명할 때 우리는 자신감을 갖고 이루어갈 수 있다.

어떤 일이 제대로 되지 않을 때 푸념을 하고 남을 탓하는 사람은 자신감이 없는 사람이다. 그 사람은 어떤 일에든 도전할 용기가 없는 것이다.

세상에는 훌륭하고 아름다운 것들이 많지만 자신의 일에 긍지를 갖고 살아가는 사람들이 가장 아름답다. 우리가 자신의 일에 긍지를 갖고 전력을 다한다면 훨씬 더 즐거운 마음으로 일에 충실할 수 있을 것이다.

링컨은 이렇게 말했다.

"대부분의 사람들은 마음먹기에 따라 행복해질 수 있다."

이 말은 자신감이 얼마나 중요한지를 알려주는 말이다. 자신감은 누가 가져다주는 것도 아니며 유산으로 물려받는 것도 아니다. 스스로 만들어내는 것이다. 내가 먼저 변하지 않으면 아무것도 이룰 수 없다.

10
절망을 희망으로 바꾸어라

사람의 희망은 절망보다 강하고 사람의 기쁨은 슬픔보다 강하며 또한 영속적이다.

__로버트 브리지스

성공한 사람들은 모두 다 절망을 희망으로 바꾸는 사람들이다. 우리에게 자신감이 있다면 절망을 희망으로 바꾸어야 한다. 고민하거나 절망하는 것보다 자신감을 갖고 살아가는 것이 삶을 훨씬 의미 있게 살아가는 길이다.

미국의 유명한 전도사인 하갈은 성공적인 목회자가 되려고 준비하던 중에 아들이 갑자기 뇌성마비에 걸려 쓰러지는 힘든 일을 겪게 되었다. 비록 아들이 뇌성마비로 자리에 누웠으나 그는 이를 시험이라 생각하여 자신감을 잃지 않고 오히려 감사의 기도를 드렸다.

"제 아들로 인해 저를 겸손하게 만드셨고, 어려움에 처한 사람들을 도울 수 있는 마음이 생기게 하셨고, 제 아들처럼 병고에 시달리는 불쌍한 이웃들을 위해 사랑을 베풀어 복음을 전할 수 있는 길을 열어주시니 감사합니다."

그 후에 그는 세계적으로 유명한 목회자가 되었다.

우리는 위기가 찾아오면 자신감을 잃어버리기 쉽다. 그러나 위기는 때때로 기회를 만들어준다.

정신과 전문의인 에릭 린드맨은 위기를 당한 사람들을 연구했다. 그 결과 85%의 사람들이 위기를 당했을 때 나쁜 습관을 고치고, 원만한 부부 관계를 회복했으며, 신앙생활을 하게 되었고, 시간과 돈을 절약하는 등 새로운 전기를 맞았다는 사실을 알아냈다고 한다. 우리에게 어떤 고통과 아픔과 위기가 닥쳐도 이겨낼 수 있다는 자신감을 갖고 대처해나간다면 우리의 삶은 더 새로워지고 활기가 넘치게 될 것이다.

성공이란 업적으로만 평가되는 것이 아니다. 극복한 장애에 의해서 평가되는 것이다. 살다 보면 좋은 날도 있고 궂은 날도 있어 장애를 겪기도 한다. 그러나 성공하는 사람들은 그러한 장애를 극복하고 끊임없이 앞으로 나아간다. 우리는 모든 장애를 극복하고 행복한 삶을 만들 의지가 필요하다. 우리의 삶은 때때로 소설이나 영화보다 더 놀랍고 흥미롭기 때문이다.

우리에게 자신감과 인내심이 있으면 여러 가지 조건이 열악해도 다시 일어설 수 있다.

자신감이 있는 사람은 기다릴 줄 안다. 서두르면 서두를수록 실수할 확률이 높다. 우리의 삶 전체가 기다림으로 이루어진다.

"인내는 쓰나 그 열매는 달다"라는 말이 우리에게 주는 의미는 참으로 크다. 우리에게 주어진 여건이 불리할수록 실천할 수 있는 의지를 기르고 그 효과도 더 높여야 한다. 성공을 이루기 위해 무엇보다도 확고한 자신감을 갖고 진취적이고 건설적으로 나가야 한다. 그렇게 하기 위해서는 항상 밝고 건강한 마음가짐을 갖도록 해야 한다. 극한 상황일수록 용기와 자신감을 갖고 결단해야 한다.

우리는 때때로 빈틈없이 완벽한 일만 하려는 경향이 있다. 그러므로 작은 실패도 두려워한다. 그러나 분명하게 알아두어야 할 것은 실패 없는 성공은 없다는 것이다. 우리의 환경이 좋기 때문에 성공할 수 있는 것이 아니다.

우리는 수많은 사람이 역경을 딛고 일어나 성공하는 것을 종종 본다. 선천적으로 불리한 조건을 극복하여 성공하는 그룹에 들어간 사람들은 그 수를 헤아릴 수 없을 정도로 많다. 그렇다면 우리에게 문제가 되는 것은 과연 무엇인가? 그것은 바로 마음의 각오, 자신감이다. 우리의 자신감이 바로 성공의 문을 여는 열쇠가 되기도 하고, 잠가버리는 자물쇠가 되기도 한다.

자기중심적인 사람은 자신을 넘어 다른 것을 볼 수 있는 눈을 가지고 있지 않다. 그저 자기 주변만을 맴돈다. 오랜 시간 동안 자신의 문제에만 집중해서 실패의 원인에만 시선을 고정하면 다양한 삶을 살아갈 다른 가능성을 찾지 못하는 어리석은 잘못을 저지를 수도 있다.

매슈 채펠은 이렇게 말했다.

"행복은 순전히 내적인 태도이며 환경과는 상관없이 개인의 행동에 의해 개발되고 형성되는 개념, 생각, 그리고 태도에 의해서 형성된다."

자신감이 있으면 타인을 쓸데없이 의식하며 곁눈질하지 않게 되고, 모든 일에서도 다른 사람과 주위를 필요 이상으로 의식하지 않고 자신이 하고자 하는 일을 차츰 해낼 수 있게 된다. 자신감이 있는 사람은 매사를 넓게 바라볼 수 있는 시야가 있다. 정신없이 돌아가는 소용돌이 속에서 맴도는 것이 아니라 관조하며 그 소용돌이의 원인을 알고 벗어날 수 있는 방법을 찾아낸다.

우리가 원하는 모든 것을 다 얻으려는 욕심을 버려야 한다. 자신이 진정으로 원하는 것을 얻고자 할 때 자신감이 힘을 나타낸다.

11
칭찬과 격려를 잘 받아들여라

우리가 한 것들에 대하여 받을 수 있는 가장 기분 좋은 보상은 그것이 알려진 것을 보는 것이요, 우리를 명예롭게 하는 칭찬으로 박수갈채를 받는 것이다. __몰리에르

우리는 이 땅을 살아가야 할 목적이 분명하게 있다. 자신감이 있는 사람은 이 목적을 이루며 살아간다. 목적이 없는 사람은 자신감도 없고 무기력한 삶을 산다.

이탈리아의 한 공장에 위대한 성악가가 되기를 꿈꾸는 소년이 있었다. 가정 형편이 어려운 중에 첫 레슨을 받았을 때 교사는 그에게 "너는 성악가로서 자질이 없어! 네 목소리는 덧문에서 나는 바람 소리 같아"라고 혹평을 했다. 그때 소년의 어머니는 실망하는 아들을 꼭 끌어안고 말했다.

"아들아! 너는 할 수 있다. 실망하지 마라! 네가 성악 공부를 할 수 있도록 엄마는 그 어떤 희생과 노력도 아끼지 않겠다."

소년은 어머니의 격려에 자신감을 가졌다. 그리고 그는 열심히 노력했다. 이 소년이 바로 세계적인 테너 가수로 성공한 엔리코 카루소다.

우리의 삶에는 많든 적든 간에 실패의 가능성이 항상 따라다닌다. 하지만 실패나 좌절을 겪어도 냉철하게 판단할 수 있는 능력이 있다면 그 실패 하나하나를 마음에 새겨두고 고통 속에만 있을 필요는 없다.

이 세상의 모든 것은 살아온 만큼의 고통을 이겨내고 온 것이다. 실패나 좌절의 책임을 남에게 전가하는 것은 다른 사람에게 미움을 받고 외면당할 수밖에 없는 이유를 만드는 것이다. 우리는 주변 사람들을 사랑하고 그들을 배려하는 마음을 가져야 한다. 인간관계는 '씹으면 씹을수록 맛이 나는 음식'이라는 것을 잘 알고 우리의 삶에 적용해야 한다. 그러므로 누군가 우리를 격려해준다면 우리는 이를 잘 받아들여야 한다. 마음에 불신을 없애고 서로 신뢰하는 삶을 살아야 한다.

우리의 마음에 이기심이 있다면 버려야 한다. 이기주의는 엄청난 손해를 초래한다. 우리에게 있는 능력을 효과적으로 사용할 수 있는 넓고 깊은 이해심과 자신감이 있어야 한다.

개인이 서로 차이가 나는 것은 당연한 일이다. 외모가 똑같은 일란성 쌍둥이도 능력과 감성, 사고력이 다르다. 사람마다 외모가 서로 다르듯이 각자가 다른 렌즈를 통해서 사물을 보며 다른 필터를 통해서 제각기 다른 소리를 내게 마련이다. 자신과 다른 사람을 부정한다거나 외면한다면 아무것도 얻을 수가 없다.

우리는 각자가 서로 다른 개성을 가진 존재이며 자신의 능력을 살리기 위해 동등한 권리를 부여받고 있다는 것을 이해하고 알아야 한다. 다른 사람의 개성을 인정할 수 있다면 다른 사람의 입장에 서서 생각하는 능력도 만들 수 있다. 우리가 다른 사람을 인정하지 못한다면 우리 자신도 인정받지 못할 것이다.

우리는 넓은 마음을 가져야 한다. 넓은 마음을 가질 때 폭넓은 사고를 할 수 있고 넉넉한 마음으로 모든 일에 대처해나갈 수 있다. 우리에게 넓은 마음이 있어야 바르게 성장할 수 있다.

아인슈타인은 이렇게 말했다.

"삶을 사는 데는 두 가지 방법이 있다. 한 가지는 모든 것에 경이로움을 느끼며 사는 것이고, 다른 한 가지는 그 어떤 것에도 경이로움을 느끼지 못하고 사는 것이다."

자신을 더욱 사랑하려면 충분한 자신감이 있어야 한다. 좀 더 만족스러운 삶을 위해서도 자신감이 필요하다. 또한 무엇보다도 힘겨운 상황에 똑바로 대처하려면 자신감이 필요하다. 우리에게 자신감이 있다면 삶을 보다 더 힘차게 살아갈 수 있다. 자신감이 있어야 보람 있는 삶을 살 수 있고 기쁨이 넘치는 삶을 살아갈 수 있다.

희망과 열정과 자신감을 갖고 살아가느냐, 아니면 걱정과 염려와 두려움으로 살아가느냐에 따라 우리의 삶은 현저히 달라진다. 남보다 뛰어난 사람, 성공을 만드는 사람, 변화를 일으키는 사람들은 한결같이 자신감이 충만한 사람들이다.

자신감을 갖고 당당하게 사는 사람이 자신의 삶의 주인공이 될 수 있다. 우리의 삶이 엑스트라로 끝난다면 너무나 초라할 것이다. 자신감 속에는 어려운 일을 해결해나갈 수 있는 능력과 탁월한 아이디어, 성공할 수 있는 비결이 있다. 자신감이 있는 사람은 자신의 욕구, 필요, 감정, 능력, 그리고 가치를 잘 알기에 마음이 넉넉하고 여유가 있다.

미국의 대표적인 영어 사전인 웹스터 사전을 보면 자신감에 대해 이렇게 정의하고 있다.

"자신의 능력이나 의지할 곳이 있다는 사실에 대한 인식, 자신이 바르고 적절하게 혹은 효과적으로 대응할 수 있다는 믿음이다."

자신감은 자만이나 오만이나 교만과는 다른 것이다. 자신의 능력에 대한 믿음에서 출발하는 것이다. 자신감은 내가 어떤 사람인지 알고, 무엇을 좋아하는지, 원하는 것이 무엇인지를 아는 것이다. 일 처리 방법을 배우고, 해결책을 찾고, 기회를 만들어내고, 필요하다면 언제 어떻게 남의 도움을 얻어내고 남에게 도움을 줄 수 있는지 아는 것이다. 그리고 자신감이란 자신에 대해 책임질 줄 아는 것이다. 육체적, 감정적, 사회적, 지적, 경제적인 면에서 자신을 적극적으로 아끼고 돌보는 것이다. 따라서 자신감이 넘치는 사람이 성공한다.

12
모든 일을 근면하게 해라

큰 재주를 가졌다면 근면은 그 재주를 더 낫게 해줄 것이며,
보통의 능력밖에 없다면 근면은 부족함을 보충해줄 것이다. __J. 레이놀즈

자신감이 있는 사람은 매사에 성실하다. 자신에게 주어진 일을 언제나 정성스럽게 행한다.

발명왕 에디슨이 처음부터 자신감을 갖고 성공적인 삶을 산 것은 아니다. 에디슨의 선생님은 에디슨을 도저히 가르칠 수 없는 아이라고까지 했다. 그러나 그의 어머니는 그가 위대한 발명가가 될 수 있도록 키웠다. 에디슨에 대한 어머니의 긍정적인 사고방식이 에디슨의 삶을 획기적으로 바꾸어놓은 것이다.

에디슨은 매사에 매우 근면했다. 그는 항상 순수한 마음으로 발명

에 임했다. 세상에 자신의 발명품을 내놓았을 때에 누구도 거들떠보지 않는 일은 있을 수 없다는 자신감과 확신이 있었다. 자신의 발명으로 얻어진 수입은 또 다른 발명을 위해 투자했다. 좋은 생각이 떠오르면 실패를 해도 전력을 다해 연구했다. 그는 하루에 20시간씩 발명에 열중했다. 어떤 때는 60시간 내내 연구에 몰두하기도 했다. 일을 완성한 후에는 충분한 휴식을 취하여 피로를 말끔히 회복했다.

에디슨은 한 잡지 인터뷰에서 이렇게 말했다.

"매일매일 한눈을 팔지 않고 하나의 목적을 위해 일한다면 반드시 성공의 면류관을 차지할 수 있을 것이다."

에디슨은 생전에 2,300건 이상의 발명 특허를 얻었다. 지금도 에디슨이 만들어놓은 것을 우리는 많이 사용하고 있다. 전신기, 축음기, 영사기 등 그의 발명품은 온 인류에 큰 기여를 했다. 그러나 에디슨은 어렸을 때 저능아 취급을 받았고 일반 학교에서 쫓겨나기도 했다. 하지만 그의 어머니는 아들을 위로하고 그에게 자신감을 심어주었다. 에디슨은 젊은 날 귀머거리가 되었으나 조금도 낙심하지 않았다. 그는 노년에 이런 말을 했다.

"참으로 감사할 것은 내가 귀머거리가 됨으로써 연구할 때 잡음이 들리지 않았다는 것이다. 그것은 나에게 많은 도움이 되었다."

귀머거리가 된다는 것은 참으로 고통스러운 일이지만 그는 오히려 어려움 속에서도 자신감을 잃지 않고 주어진 일에 열정을 다해 성공적인 삶을 살았다. 그는 오늘도 많은 사람에게 모범이 되고 있다.

자신감은 우리의 본질을 잘 깨닫게 해준다. 가을 들녘에 탐스럽게 익어가는 열매처럼 우리도 날마다 익어가는 삶을 살아야 한다. 우리도 자신감을 갖고 우리의 삶에 풍성한 열매를 맺어야 한다.

에디슨은 사람들에게 천재적 영감을 칭송받는 자리에서 이렇게 의미 있는 말을 했다.

"천재란 1%의 영감과 99%의 땀으로 이루어진다."

에디슨은 자신감을 갖고 평생 열정과 끈기로 자신의 삶을 만들어 갔다. 그는 나이가 들어도 은퇴할 생각을 하지 않았다. 그는 은퇴에 대해 이렇게 말했다.

"70세가 되어 은퇴하는 사람은 대략 3년 이내에 죽을 각오를 하지 않으면 안 될 것이다. 난 결코 은퇴하지 않겠다. 의사가 산소호흡기를 가지고 오면 드디어 이것이 나의 최후로구나 하고 생각할 것이다."

에디슨은 77세의 생일에 "인생관이 무엇인가?"라는 질문에 이렇게 답했다.

"일해라! 자연의 비밀을 탐색해서 그것을 인간의 목적을 위해 사용해라. 만물을 그 방향에 놓고 바라보아라!"

이 얼마나 자신감 넘치는 삶인가? 우리도 이처럼 자신감 넘치는 삶을 살아야 한다.

괴테는 이렇게 말했다.

"아무것도 생산할 줄 모르는 사람에게는 아무것도 존재하지 않는다."

우리는 바라고 원하는 일들을 해낼 수 있다. 우리가 매사에 자신감을 갖고 행한다면 놀라운 결과를 만들어낼 것이다. 삶에서 가장 큰 기쁨은 우리가 할 수 없을 것이라고 생각했던 일을 자신감을 갖고 해냈을 때 찾아온다.

우리에게 주어진 일이 있다면 날마다 실천해나가는 것이 중요하다. 단 한 시간 단 하루로 보면 일이 별로 진척되지 않은 것처럼 보이지만 반년에서 1년, 혹은 더 긴 시간을 두고 보면 분명한 결과를 우리의 눈으로 확인할 수 있다.

프랑스의 철학자 뷔퐁은 "천재란 인내에 상응하는 위대한 능력이다"라고 말했다. 안톤 체호프는 "천재란 곧 노력이다"라고 말했다. 우리가 성공하기 위해 꼭 필요한 것이 성실이다. 자신의 목표를 달성하기 위해서는 한 가지 일에 정신을 집중하는 것이 하나의 방법이다. 이것을 자신감이라고 할 수 있다. 쓸데없는 시기나 비난은 자신감을 상실하게 만든다.

자신감이 넘치는 사람은 때로는 초인적인 힘을 발휘하기도 한다. 우리가 주어진 일을 성실하고 근면하게 행한다면 결과는 분명히 나타날 것이다. 우리는 정신을 긴장시켜서 일을 충실하게 해낼 시간을 만드는 것이 중요하다. 자신감을 갖고 매사에 적극적으로 행동한다면 감동할 일들이 많이 일어날 것이다. 우리의 가슴 깊이 새겨지는 감동의 체험은 오랜 시간이 지난 뒤에도 잔잔하게 그 여운이 남아 있을 것이다. 우리가 자신감으로 가득 차 성공을 이루어낸다면 그 결과로 삶을 보다 의미 있고 여유 있게 보낼 수 있을 것이다.

자신감에는 무한한 잠재력이 있다. 자신감이 있는 사람은 스스로를 변화시키고 컨트롤할 수 있다. 자신감이 강하고 확고하면 주변 사람들에게도 전염된다. 자신감은 우리의 삶을 즐겁고 윤택하게 만들어줄 것이다.

13
자신에게 주어진 기회를 잡아라

수많은 사람이 인생에서 실패하는 이유는 기회가 앞문에서 노크할 때 네 잎 클로버를 찾으려고 뒤뜰에 나가 있기 때문이다. __월터 크라이슬러

자신감이 있는 사람은 기회를 잘 포착해낸다. 그리고 자신에게 주어진 기회를 결코 놓치지 않는다. 자신감으로 얻은 결과는 삶을 더욱 풍성하게 만들어준다.

존 R. 톰슨은 맛없는 커피 한 잔 때문에 대요식업자가 되었다. 때는 톰슨이 28세 되던 해다. 갓 결혼한 톰슨은 아내와 함께 시카고에서 열리는 박람회를 구경하다가 근처 식당에서 커피를 한잔 마시게 되었다. 그가 커피를 한 모금 마시더니 짜증 섞인 목소리로 "내가 끓이면 훨씬 더 맛있는 커피가 될 텐데"라고 중얼거렸다. 그러자 그 말

을 들은 식당 주인이 "그렇다면 당신이 한번 끓여보시오!"라고 말했
다. 이에 톰슨은 "한번 해보겠습니다! 자신 있습니다"라고 말했다.

톰슨이 끓인 커피는 향이 좋고 맛있었다. 식당 주인은 톰슨에게
"손님께서 이 식당을 넘겨받아서 경영을 해보시죠! 그러면 아주 잘
될 것입니다!"라고 말했다.

이윽고 톰슨은 식당을 넘겨받아 장사를 시작했다. 이 작은 동기로
인해 자신감을 얻어 시작한 사업으로 후에 톰슨은 전 미국에 체인점
을 형성하여 한 해 5,300만 명에게 식사를 공급하는 미국 최대의 식
당 체인 회장이 되었다.

우리의 삶에서 일어나는 모든 일의 발단은 생각지 않은 사소한 곳
에서 시작한다. 우리도 삶에서 일어나는 갖가지 일 속에서 자신이 무
엇을 해야 할지 분명한 선택을 해야 한다. 우리에게는 수많은 기회가
기다리고 있다는 것을 확신하며 살아야 한다. 그리고 기회가 오면 자
신감을 갖고 그 기회를 잡아서 원하는 것을 이루어내야 한다.

성공하는 사람은 간절한 소망을 가지고 있다. 현재의 모습에서 만
족하지 않고 보다 더 높은 것을 성취하고자 하는 마음이 있다. 각 분
야에는 성공한 사람들이 많다. 성공한 사람들은 자기 자신에 대한
무엇인가 독특한 의지를 가지고 있다. 그것은 자기 확신과 자신감이
다. 그들이 바라는 것은 자기가 원하는 것을 성취해내는 것이다.

자신감은 우리로 하여금 성공을 위해 정진하도록 동기를 부여해 준다. 동기부여는 행동을 하도록 몰아세우는 힘이다. 그 힘은 내부에서 솟아나는 것이다. 자신의 삶에 변화의 필요성을 느끼고 이해한 다음에 비로소 성공을 향한 노력을 계속할 수 있다.

무엇인가를 행함으로 얻어지는 보수라든가 행위를 재촉하는 원인들을 자기 자신이 실감할 때 비로소 자신감이 생기게 되는 것이다.

삶을 성공적으로 살아가는 사람들은 자신에 대해 강하고 적극적인 동기부여를 해온 사람들이다. 그들은 스스로 정한 목표라든가 자기가 성취하고 싶은 역할을 향해 나아갈 수 있는 능력을 가졌다. 그들은 좀처럼 마음이 흐트러지지 않는다. 낙담하거나 실수하거나 좌절하는 일이 있어도 안으로부터 솟아오르는 힘이 항상 자기 실현을 향해 질주하도록 견인차 역할을 해준다.

맥스웰 말츠도 성공의 법칙에 자신감이 필요하다고 말하고 있다.

성공의 법칙 – 맥스웰 말츠

1. 방향 감각

인간은 어떤 면에서 자전거와 같다. 자전거는 오직 앞으로 나아갈 때만 균형과 평행을 유지할 수 있다. 우리 인간은 정복할 대상과 성취할 목표가 없다면 진정한 만족이나 행복을 느낄 수 없다.

2. 이해

이해는 의사소통이 얼마나 잘되느냐에 달려 있다. 문제에 효과적으로 대처하기 위해서는 우선 문제를 둘러싼 상황을 정확히 이해해야만 한다. 인간관계에서 사람들이 저지르는 대부분의 실패는 오해 때문에 발생한다.

3. 용기

목표를 설정하고 상황을 잘 이해하는 것만으로는 충분하지 않다. 행동으로 옮길 용기가 필요하다. 오직 행동에 의해서만 우리의 목표, 욕망, 그리고 믿음이 현실로 바뀔 수 있다. 성공한 사람과 실패한 사람의 차이는 능력이나 생각의 차이가 아니라, 모험을 결심하고 행동으로 옮기는 용기의 차이이다.

4. 관용

성공하는 사람은 다른 사람에 대해 관심을 갖고 그들을 배려한다. 그리고 다른 사람의 문제와 요구를 존중한다. 또한 인간의 존엄성을 존중하고, 다른 사람을 하찮게 여기지 않고 하나의 인격체로 대한다. 그들은 모든 사람이 존엄과 존중을 받을 만한 특성 있는 개개인이라는 사실을 받아들인다.

5. 존중

세상에서 가장 무서운 불신은 자기 자신을 믿지 못하는 것이다. 우리 자신에 대해 열등감을 품는 것은 덕이 아니라 악이라는 사실을 머릿속에 분명히 인식해야 한다. 자신의 내부에 있는 적대적인 생각들을 맞은편에 앉아서 자신을 노리는 '비평가'로 의인화하고 그 비평가를 이기기 위해 노력해야 할 것이다.

6. 자신감

자신감은 성공의 경험에서 생겨난다. 어떠한 일을 시작할 때 사람들은 성공의 경험이 없기 때문에 자신감을 가지지 못한다. 성공이 성공을 만든다는 것은 맞는 말이다. 따라서 우선 작은 성공부터 시작해서 자신감을 길러가면서 성공의 경험을 차곡차곡 쌓아나가는 것이 필요하다.

7. 놀라운 자기 긍정 파워

진정한 성공이나 행복은 어느 정도의 자기 긍정이 없으면 불가능하다. 자기 긍정이란 자신의 자산이나 능력뿐만 아니라 실수, 약점, 결점, 잘못 등도 있는 그대로 받아들이고 거기서부터 시작하는 것을 말한다. 자기 자신을 있는 그대로 받아들여라. 그리고 자발적이고 합리적으로 노력해라.

오늘 이 시대는 수많은 사람이 변화의 물결 속에서 살아간다. 이

시대는 변화를 요구하고 능력 있는 사람을 원한다. 어떤 분야든지 탁월한 전문성을 요구한다. 그러므로 우리에게 주어진 기회가 있다면 놓치지 말아야 한다. 주어진 기회를 놓치지 않고 결과를 만들어 내는 사람이 진정 자신감이 넘치는 사람이다. 우리는 자신감을 발휘하는 기술이 필요하다. 커피 전문점 스타벅스도 커피에 대한 뛰어난 전문화로 성공 신화를 만들어냈다. 기업가의 자신감이 만들어낸 걸작이다.

14
자신의 꿈에 초점을 맞춰라

꿈을 날짜와 함께 적어놓으면 목표가 되고, 목표를 잘게 나누면 계획이 되며, 그 계획을 실행에 옮기면 꿈이 실현된다. __그레그 S. 레일

꿈의 초점을 잃으면 그 꿈을 이루어낼 수 없다. 확신을 가지고 꿈에 초점을 맞추고 자신감으로 꿈을 이루어라. 꿈에 초점을 맞추면 그 꿈이 우리의 눈앞에서 현실이 된다.

골프 선수인 마이크 홀먼은 참혹한 교통사고를 당했다. 여덟 번의 눈 수술과 기억상실증, 콩팥 이식 수술, 허파를 절반가량 잘라내는 절제 수술과 두 개의 발가락 절단, 근육 파열, 당뇨병, 혈액순환 장애 등으로 수많은 나날을 고통 속에서 보내야 했다. 고통 속에 있는 그를 의사조차 포기했지만 그는 건강을 되찾을 수 있다는 믿음을 버

리지 않았고 행복한 삶을 살기를 원했다.

이제 그는 건강이 회복되어 골프를 가르치는 일을 즐기고 있다. 그는 골프를 치면서 실수를 연발하지만 실망하지 않는다. 자신의 꿈을 이루어가고 있기 때문이다. 꿈에 초점을 맞추고 살아가기에 부족함을 한탄하지 않고 뛰어넘고 있다.

우리의 꿈을 정확하고 또렷하게 바라보아야 한다. 그래야만 그 꿈을 잡고 움직이는 실체로 만들 수 있다.

삶은 언제 어떤 일이 일어날지 예측하기 어렵다. 아무리 훌륭한 계획을 치밀하게 세워도 뜻밖의 결과가 나타날 때가 있다. 이럴 때야말로 확고한 자신감이 필요하다. 자신감을 갖고 나가면 모든 길은 열리게 되어 있다. 좋지 않은 일이 일어났을 때 고민을 끌어안고만 있다면 얼마나 어리석은 일인가?

우리에게 닥치는 수많은 어려움을 헤쳐나가야 한다. 우리는 꿈이 어디로 향하는가를 알아야 한다. 꿈이 왜 중요한가를 알아야 한다. 꿈을 이루기 위해 가장 중요한 것이 무엇인가를 알고 행해야 한다. 꿈을 어떻게 실현할 것인가? 우리의 꿈이 단단한 기초 위에 견고하게 세워질 때, 우리는 자신감으로 최대의 잠재력을 발휘할 수 있다. 가장 어리석은 사람은 꿈도 희망도 없이 살아가는 사람이다.

윌리엄 제임스가 이렇게 말했다.

"인간은 생각이 바뀌면 행동이 바뀌고, 행동이 바뀌면 습관이 바뀌고, 습관이 바뀌면 운명이 바뀐다."

의학을 연구하는 사람들의 말에 따르면 사람은 죽을 때까지 두뇌를 5% 정도만 사용한다고 한다. 자신의 두뇌가 할 수 있는 일의 10%도 사용하지 못하는 것이다. 그러므로 우리는 우리가 가지고 있는 역량을 최대한 뽑아낸다면 무한한 가능성을 발휘하게 될 것이다. 우리가 자기의 능력을 제대로 발휘하지 못하는 것은 자신감이 결여되어 있기 때문이다.

우리는 때로 자기 능력의 한계에 도달하기도 전에 "나는 할 수 없다. 그 일은 나에게 불가능하다", "나는 안 된다", "나는 무기력하다"라는 변명을 늘어놓으며 자신이 가진 능력을 스스로 차단한다. 자처하여 불가능의 감옥에 갇혀버리고 마는 것이다. 우리는 스스로 갇혀 있는 마음의 울타리에서 과감하게 벗어나야 한다. 자신 안에 갇혀 있는 사람은 오랜 세월이 흘러도 아무런 발전을 하지 못한다. 자신의 굴레에서 과감히 벗어날 때 우리 스스로가 생각해도 참으로 놀랄 만큼 우리의 능력을 마음껏 발휘할 수 있는 기회가 찾아오고, 살아갈 이유와 목적이 더욱 분명해진다.

우리가 능력을 발휘하기 위해서는 자신감을 가져야 한다. 마음속에 확고한 자신감을 갖고 "나는 할 수 있다! 나는 자신 있다! 나는 가능성이 있다! 나는 해낼 것이다!"라는 긍정적인 사고방식으로 임해야 한다. 이렇게 하면 더욱 자신감이 생기고 훨씬 좋은 결과를 얻을 수 있다. 우리가 매사를 긍정적으로 생각하면 할수록 더 자신감이 생긴다.

어떤 일을 하기도 전에 불안감이나 긴장감에 휩싸이면 그것이 실패의 원인으로 이어질 수 있다. 따라서 우리가 어떤 마음을 가지고 살아가느냐는 매우 중요하다. 마음은 세상을 보는 시각을 만든다. 세상을 바르게 볼 수 있어야 자신의 삶도 바르게 볼 수 있다. 우리는 생각하는 대로 삶을 만들어간다. 자신감을 갖고 자신의 삶의 변화를 기대해라.

의학적으로 볼 때 사람이 긍정적인 생각을 하면 β-엔도르핀이 생성된다. 이 β-엔도르핀은 모르핀 성분으로 면역 체계를 만든다. 그러므로 긍정적인 사고를 하는 사람은 건강하고 오래 산다.

반면에 부정적인 사고를 하면 노르아드레날린이 분비된다. 이것은 독사의 독과 유사한 독성을 가지고 있다. 따라서 부정적인 사고를 많이 하면 할수록 건강을 해치게 되고 생명이 단축된다.

어려운 일이 닥치면 우리는 스트레스를 받는다. 이때 반응하는 방법은 두 가지다. 하나는 긍정적인 생각을 하는 것이고, 하나는 부정적인 생각을 하는 것이다. 선택의 결과에 따라 삶이 달라진다. 우리는 자신감을 갖고 긍정적인 쪽을 선택해야 한다.

15
삶의 변화를 기대해라

자신감 있는 사람은 변화를 원한다.

오늘 우리의 눈앞에 보이는 수많은 변화와 발전은 자신감이 있는 사람들이 만든 것이다. 우리도 자신감을 갖고 삶의 변화를 기대해야 한다.

아프리카 나이지리아 장터에서 흑인 노예들이 경매되고 있었다. 사무엘 크라우더라는 한 어린 소년도 경매대에 올려졌다. 너무 왜소해서 값을 매길 수도 없었다. 그 소년은 결국 담배 한 보루 값에 팔려 다른 노예들과 함께 미국으로 가는 배에 실렸다. 그런데 미국으로 가던 배가 영국 사람들에게 붙잡히면서 그 배에 탔던 노예들이 모두 풀려나게 되었다. 그 소년도 자유의 몸이 되었다.

그로부터 오랜 세월이 지난 어느 날 영국 런던의 성당에서는 나이지리아의 첫 번째 주교가 임명되는 의식이 진행되고 있었다. 교회의 고위 성직자들과 정치인들, 그리고 귀족들이 대거 참석한 자리였다. 나이지리아 주교에 임명된 사람은 바로 담배 한 보루의 헐값에 팔렸던 그 작은 소년이었다. 그는 자신의 힘들었던 삶 가운데서도 변화를 기대하는 자신감을 결코 잃지 않았던 것이다.

자신감은 마음속에서부터 우러나오는 것이다. 어떤 사람에게도 성공은 그냥 주어지지 않는다. 그러므로 우리는 스스로 자신감을 만들어가야 한다. 우리에게 있는 모든 문제점에 대해 자신감으로 대처한다면 언제나 현재보다 더 나은 삶을 살아갈 수 있다.

삶은 때때로 숨 쉬기조차 버거울 때가 있다. 그때마다 힘들고 어렵다고 포기한다면 결과는 어떻게 되겠는가? 우리는 현실을 있는 그대로 받아들일 수 있는 자신감을 가져야 한다.

마음을 편하게 가져야 한다. 자신감이 없으면 살아 있다는 것을 느낄 수 없다. 자신감이 없는 사람은 아무 의욕도 없이 흐르는 세월을 따라 무력하게 살아간다. 마치 시계추처럼 왔다 갔다만을 반복할 뿐이다. 우리는 살아 있는 기쁨을 마음껏 느끼며 살아야 한다.

자신이 갖고 있는 능력도 제대로 찾아내지 못하고 사는 사람이 있다. 우리는 누구보다도 당당하게 살아가야 한다. 우리는 살아 있으므로 성장하고 발전해야 한다. 우울한 마음을 떨쳐버리고 상쾌하고 가벼운 마음으로 살아야 한다. 그래야 매사에 의욕도 생기고 자신감도 생긴다.

삶에서 좌절을 피할 수는 없다. 그러나 좌절을 극복하는 시간은 단축할 수 있다. 실수나 절망으로 인해 예전에는 3주 정도 무기력하게 생활했다면 그 기간을 3일, 그 다음에는 3분으로 줄여나가는 법을 배워야 한다.

평생을 시계를 조립하며 살아온 사람이 있다. 그는 아들에게 특별한 시계를 만들어 선물했다. 시침은 동으로, 분침은 은으로, 초침은 금으로 만들었다. 시계를 선물 받은 아들이 아버지에게 물었다.

"아버지, 이건 좀 잘못된 것 같은데요. 시침은 금으로, 분침은 은으로, 초침은 동으로 만드셨어야 되는 게 아닌가요?"

그러자 아버지는 이렇게 말했다.

"초를 아끼지 않는 사람은 분과 시를 아끼지 못한단다. 우리 인간의 생활도 그 변화는 결국 초침이 하는 것이 아니겠느냐? 초를 허비한다는 것은 분과 시를 허비하는 것이고, 그것은 인생을 허비하는 일이지. 초의 중요함을 늘 명심하라는 뜻에서 초침을 금으로 만들었단다. 내 뜻을 잘 이해하고 시계를 잘 사용해라."

이 이야기는 우리의 삶에서 작은 시간들이 얼마나 소중한지를 잘 말해주고 있다. 우리는 작은 시간들을 소중하게 써서 삶을 변화시켜 나가야 한다. 바쁘게 쫓기듯 살아가는 것이 아니라 자신감을 갖고 내일의 삶을 밝게 전망하며 살아야 한다. 아무렇게나 살아서는 안 된다. 우리가 삶을 아무 의미 없이 살아간다면 자신감도 없어질 것이다. 자신이 어떻게 해야 할지, 어떻게 살아야 할지를 아는 것이 자신감이다.

자신감을 가지려면 숨어 있는 능력을 깨워야 한다. 그리고 어려운 상황에 대처할 수 있는 유연성을 길러야 한다. 또한 스트레스를 받지 않고 갖가지 정신적인 어려움들을 확실하게 제거해야 한다. 긴장을 풀어주며 목표를 달성해나가야 한다.

자신감은 우리의 삶을 절망의 어둠에서 벗어날 수 있도록 환하게 밝혀줄 것이다. 우리는 불가능한 것을 붙잡고 몸부림치다가 쓰러질 것이 아니라 가능한 것을 자신감으로 펼쳐야 한다.

봄이면 온 들판이 초록색으로 물드는 것처럼 우리의 마음에 자신감이 물들어 꿈에 대한 확신이 서야 한다. 우리에게 있는 자신감을 자각하고 그것을 더 키워나가야 한다. 변화를 원한다면 자신감을 갖고 뛰어들어야 한다.

단점 때문에 고민하고 염려할 필요는 없다. 누구에게나 말 못할 사정과 단점은 있다. 우리는 자신의 장점을 살려나가야 한다. 우리가 원하는 변화가 느리다고 걱정할 필요는 없다. 세상은 변화를 거듭하고 있고 우리도 변하고 있다. 분명한 것은 변화는 늘 이루어지고 있다는 것이다. 변화에 대한 확신이 더욱 중요하다.

현재의 자신의 모습을 바라봐라. 과거와 얼마나 많이 달라졌는가를 깨닫고 또다시 새로운 변화를 시도하고 도전해나가야 한다. 우리가 자신감을 가지고 걸어간 발자국만큼 보람과 결실 또한 분명히 따를 것이다. 이것을 확신하는 것이 자신감이다.

16
자기 자신을 사랑해라

조지 던롭이란 젊은이가 있었다. 그의 어머니는 휠체어를 타고 다녀야 했는데 철제 바퀴로 만든 휠체어는 상당히 불편했다. 어머니를 지극히 사랑했던 그는 어머니가 좀 더 편하게 탈 수 있는 휠체어를 만들어야겠다는 생각을 하게 되었다. 그는 휠체어의 바퀴에 관심을 갖고 연구를 하다가 새로운 재료를 사용해보았다. 고무였다. 그는 철제로 된 바퀴의 휠체어 가장자리를 고무로 감쌌다. 그가 만든 새로운 휠체어는 매우 유명해졌으며 그로 인해 그는 부자가 되었다. 어머니를 향한 사랑이 그에게 자신감을 불어넣어 주었고 그의 삶도 바꾸어놓았다.

누군가를 사랑하는 마음에는 이처럼 놀라운 힘이 숨어 있다. 사랑을 하는 사람은 자신감이 있는 사람이다.

우리가 어떤 일에 자신감을 가지고 제대로 나타낸다면 일에서 보람과 성취감을 느낄 수 있을 것이다. 우리를 쓰러뜨리는 것이 있다면 반드시 이겨내고 일어서야 한다.

자신감을 갖고 사느냐, 그렇지 않느냐에 따라서 엄청난 차이가 있다. 자신감이 없는 사람은 자신의 삶에서 아무런 의미도 찾아내지 못한다. 하지만 자신감이 있는 사람은 의미 있는 삶을 살아간다.

우리는 사랑을 표현하고 나타내야 한다. 사랑과 행복을 뒤로 미루는 것은 비극 중의 비극이다. 우리는 이해심, 관대함, 호의, 친절, 관심, 배려로 다른 사람과의 관계를 돈독하게 만들어야 한다. 그래야만 더 많은 것을 성취할 수 있다. 이 모든 것은 사랑으로 만들 수 있다. 우리가 남에게 간섭하는 것이 아니라 관심을 가져야 한다. 간섭은 모든 일을 자기를 중심으로 바라보는 것이다. 그러나 관심은 상대방의 중심에서 바라보는 것이다.

우리가 가족이 행복하게 살고 사랑을 나누는 집에 도둑이 들지 않도록 늘 주의하는 것처럼 우리의 마음속에 걱정, 이기주의, 증오의 그림이 그려지지 않도록 항상 신경 써야 한다. 그런 생각들은 도둑

보다 더 위험하다는 것을 기억해야 한다. 그것들이 우리의 안락함과 행복과 만족을 통째로 빼앗아 간다. 그것들은 우리의 의식 속으로 침입하기를 원한다. 이 무단 침입자들을 즉시 마음에서 쫓아내야 한다. 우리가 마음만 먹으면 부정적인 이미지들을 몰아낼 수 있다. 이 일은 바로 자신감이 한다. 우리의 가슴을 뛰게 하고 감동하게 하는 일도 자신감에서 출발하는 것이다.

우리는 자신감을 갖고 행복 바이러스에 감염되어 살아야 한다. 우리의 자신감은 바람직한 사고이며 우리의 능력을 배로 증가시켜준다. 우리는 어떤 어려움이 있더라도 함께 성장하면서 살아가야 한다. 서로가 서로를 증오하고 미워하면 파멸을 초래할 뿐이다. 서로 선의의 경쟁을 하는 것은 좋지만 무조건 상대방을 무너뜨리려는 것보다는 더불어 사는 법을 알고 표현해야 한다.

우리가 온전한 자신감을 가지려면 셀프 포맷self formatting이 되어야 한다. 셀프 포맷은 완전히 자기를 비워 자신이 가지고 있는 모든 것을 새로운 상태로 만드는 것이다. 이것은 새로운 자신을 만들기 위한 기초 작업이다. 우리에게 자신감이 있을 때 자기 개발이 시작된다.

우리는 삶을 보다 활력 있게 만들고 다양한 경험을 쌓아야 한다. 적극적인 경험을 통해 더 충만한 자신감을 발휘해야 한다. 우리가 스스로 재능이 없다고 생각해서 자신을 무한한 가능성에서 몰아내려고 한다면 그것은 크나큰 손해를 가져오게 된다. 우리는 열등감에서 벗어나 자신감을 갖고 자신의 능력을 찾아 나타내야 한다.

우리는 우리가 무엇을 해야 하는지 알고 있다. 우리의 삶의 목적은 함께 사는 세상, 더불어 행복한 삶을 만들어가는 것이고, 거기에 삶의 의미가 있다. 혼자만의 행복을 원하는 사람은 욕심쟁이이고 아무런 가치가 없는 삶을 사는 사람이다. 우리는 삶의 의미를 알기에 자신 있게 살아가는 것이다. 우리는 자신감을 갖고 가슴으로 삶을 느끼며 살아가야 한다. 우리의 삶이 얼마나 고귀하고 놀라운 것인가를 날마다 체험하며 살아가야 한다.

우리는 누구나 다 뛰어난 재능을 갖고 있다. 우리의 마음에 자신감을 불어넣어야 한다. 우리에게 재능이 있다는 것을 깨달아 능력을 발휘해야 한다. 자신감이 넘치는 사람을 바라보면 즐겁다. 바로 우리가 그런 자신감을 소유하고 나타내야 한다.

17
꿈과 용기를 가지고 삶을 개척해라

우리는 용기와 꿈을 가지고 삶을 개척해나가야 한다. 황무지라도 불모지라도 관계가 없다. 개간하여 꽃이 피고 열매를 맺는 땅으로 만들어야 한다.

소설 『아이반호』로 유명한 월터 스콧은 영국의 소설가이자 시인이다. 어린 시절을 모자란 아이로 놀림을 받으며 우울하게 보냈다. 그러나 스콧은 문학에 관심이 있어 좋은 시를 보면 열심히 외웠다. 그가 열세 살쯤 되었을 때 유명한 문인들의 모임에서 시 낭송을 했는데 그의 시 낭송을 듣고 당시의 유명한 시인 번즈가 "너는 언젠가 영국의 위대한 인물이 될 것이다"라는 칭찬을 해주었다. 번즈의 칭찬을 받은 스콧은 그때부터 용기와 꿈을 가지고 삶을 새롭게 개척해 나갔다. 칭찬 한마디가 그에게 자신감을 만들어준 것이다. 후에 월터 스콧은 1800년대 영국이 자랑하는 위대한 시인이자 소설가, 역사가로 명성을 날렸다.

자신감이 있는 사람은 가능성을 현실로 바꾸어놓는다. 우리의 잠재력은 무한하다. 마치 넓은 바다와 같다. 우리의 의식은 바닷속의 작은 섬이라 할 수 있다. 자아는 그 섬의 일부다. 우리는 무한한 잠재력을 가지고 있으면서도 그것을 잘 활용하지 못하고 있다. 자신감은 그 능력을 활용하도록 우리를 돕는다.

우리에게 다가오는 여러 가지 악조건을 자신감으로 이겨내는 것은 참으로 아름다운 일이다. 작은 어려움에도 두려움이 가득하던 우리가 당당하게 맞서서 어려움을 딛고 일어서면 그동안 알아왔던 세상이 전부 새롭게 보일 것이다. 자신감은 이렇게 우리의 삶에서 아주 중요한 역할을 한다. 그러므로 우리는 자신감을 갖고 당당하게 살아가야 한다.

우리에게 있는 능력을 어떻게 개발하느냐에 따라 엄청난 능력을 발휘할 수 있고 다른 많은 능력도 개발할 수 있다. 우리는 자신감을 갖기 위해 자극을 받아야 한다.

자신감이 있는 사람은 성실하다. 성실하다는 것은 진실함을 나타낸다. 성숙한 태도는 다른 사람들의 아이디어나 감정을 배려하고, 자신의 아이디어나 감정 또한 용기 있게 나타내는 것이다.

자신감은 풍요로움을 만든다. 풍요로운 마음은 모든 사람을 위해 할 일이 많이 있다고 믿는 것을 말한다. 우리는 자신감을 갖고 정직하고 성실하게 그리고 일관되게 행동해야 한다. 우리가 자신 있더라도 다른 사람들이 가진 장점을 배우고 다른 사람들의 의견을 듣고 존중해야 한다. 그들의 요구에도 분명하게 응답해주고 긍정적으로 생각해 올바른 대답을 해주어야 한다. 우리는 자신감으로 능력 있는 자신을 만들어야 한다.

살면서 화를 낼 때도 있다. 화를 내는 것은 자신감을 잃었다는 것을 보여주는 행동이다. 화를 내고 싸우는 것은 개인적인 전쟁이다. 전쟁하려면 제대로 병력을 비축하고 공격을 가할 때의 타이밍과 패했을 때의 다음 조치를 생각해두어야 한다. 계획 없이 화를 내는 사람은 자신감이 부족한 사람이다.

우리가 자신감을 충분하게 갖고자 한다면 남을 쓸데없이 비판하지 말고 자신부터 새롭게 변화해야 한다. 누구나 다른 사람을 비판하기는 쉽다. 비판은 아무런 기술이 없어도 간단하게 할 수 있기 때문이다. 그러나 격려와 칭찬을 하는 것이 훨씬 쉽고 더 깊은 의미가 있다.

비판은 듣는 사람을 좌절하게 만드는 가장 빠른 방법이다. 그 누구도 부정적이며 끊임없이 잘못을 지적하는 사람이 주변에 있는 것을 좋아하지 않는다. 이런 나쁜 습관은 하루빨리 고치는 것이 좋다.

자신감이 있는 사람이 자신 있는 일에 최선을 다하며 놀라운 결과를 만들어낸다. 우리가 단 하나라도 뚜렷한 목적을 가지고 꾸준히 노력하고 열정을 쏟는다면 결과는 분명히 우리의 눈앞에 나타날 것이다.

우리에게 있는 소심한 마음을 극복하려면 자신감이 있어야 한다. 자신감이 있는 사람은 걸음걸이도 다르고 매사에 당당한 태도로 임한다. 자신이 하고자 하는 일에 부합되는 능력이 있으면 더욱더 자신감이 커진다. 내성적이고 소심하며 지나치게 수줍음을 타는 성격이라면 그것을 강하게 변화시킬 수 있는 것은 자신감이다.

우리가 살아가면서 자신감을 갖는 것은 매우 중요하다. 우리는 누구나 자기 나름대로의 마음의 잣대가 있지만 너무 옹색한 생각으로만 살아서는 안 된다. 쓸데없는 고정관념에 사로잡혀 있으면 자신이 가지고 있는 능력도 제대로 발휘하지 못한다. 우리는 자신 있게 우리의 삶을 성공적으로 이끌어나가야 한다. 성공이란 미리 정해진 목표를 점진적으로 실현하는 것이다. 자신감이 있는 사람은 이를 주도적으로 실현해나간다.

18
좌절과 분노를 이겨내라

우리의 삶에는 끊임없는 실패와 좌절이 있다. 우리에게 어려움이나 고통이 다가오면 분노가 일지만 자신감이 있는 사람은 그 좌절과 분노를 이겨낸다.

넬슨 만델라는 흑인으로서 역사상 최초로 남아프리카공화국의 대통령이 된 인물로, 그는 젊은 시절 흑인 인권 운동에 참가했다가 백인 정부에 의해서 오랫동안 감옥에 갇혔다. 사람들은 만델라가 감옥에서 풀려나자 그의 건강에 관심을 보였다. 40대에 감옥에 들어갔다가 머리가 백발이 되어서 풀려났기 때문이다. 그는 사람들의 예상과는 달리 훨씬 더 건강했다. 만델라는 자신의 건강 비결을 자서전에서 이렇게 밝혔다.

"다른 수감자들은 중노동을 해야 할 때면 원망하고 분노하는 마음으로 끌려갔지만 나는 좁은 감옥보다 넓은 자연으로 나가 하늘을 보고 새소리를 듣는 기쁨으로 일을 했다."

만델라는 다른 사람들이 감옥에서 좌절과 분노로 힘들어하고 있을 때 고통을 이겨낼 자신이 있었다. 만델라는 감옥 뒤뜰에 채소를 가꾸고 그 속에서 생명의 아름다움을 느끼며 27년을 견뎌냈다. 그리고 출소 후에 국민들의 지지를 받아 대통령이 되었다. 고난과 고통으로 수없이 포기하고 싶었을 삶을 살았던 만델라는 자신의 삶을 포기하지 않음으로 수많은 사람에게 자유와 희망을 안겨주었다. 내일에 대한 확고한 신뢰와 자신감이 없는 사람이라면 쉽게 포기했을 것이다. 아니면 병들거나 지쳐서 쓰러지고 말았을 것이다.

분명한 것은 자신감은 우리의 정신력을 강화한다는 것이다. 어떤 환경에서도 잘 견디게 해주고 어떤 절망과 고통에서도 벗어날 수 있는 힘을 준다.

자신감은 기다릴 줄 아는 마음의 여유를 준다. 실패에 직면했을 때 실패에 쉽게 좌절하는 사람들은 그 실패가 자신을 영원한 어려움에 빠뜨릴 함정이라고 생각한다. 그러나 자신감이 있는 사람은 어떤 실패나 곤경이든지 모두 순간적인 거라고 생각한다. 우리가 어떤 생각을 가지고 있느냐에 따라 결과는 판이하게 달라지는 것이다.

나폴레온 힐이 이렇게 말했다.

"성공을 가로막는 가장 큰 장애는 외부에 있다는 당신의 생각부터 바꿔야 한다. 당신의 마음속에 자리 잡고 있는 부정적인 생각을 몰아내지 않으면 결코 성공의 문을 열 수 없다."

우리가 겪는 실패를 어떻게 다루느냐에 따라 우리의 미래가 결정된다. 자신감은 새로운 삶을 살아가게 하는 계기를 만든다. 우리가 사람을 가르치고 움직이게 하기 위해서는 자기중심이 아닌 다른 사람을 배려하는 마음을 가져야 한다. 다른 사람이 원하는 것을 제대로 헤아리지 못한다면 성과는 좋지 않다. 그러므로 자신감을 갖고 바른 인간관계를 유지해야 한다.

돌리 파튼은 이렇게 말했다.

"무지개를 보기 원한다면 먼저 비가 오는 것을 감수해야 한다."

우리의 삶에 고통과 실패가 있기 때문에 성공이 더 값지게 보이는 것이다. 따라서 우리에게 찾아오는 고통을 감수하고 이겨내야 한다.

우리의 삶에는 좋은 일과 나쁜 일이 수시로 생기고 뜻밖의 변화가 일어난다. 그러므로 어떤 상황에서도 대처할 수 있는 자신감을 가져야 한다. 가장 어려운 시기를 도약의 발판으로 활용하는 사람은 자신감이 있는 사람이다. 그 사람은 분명히 성공하는 삶을 살아간다.

변화와 독립을 향한 결단과 도약은 최고의 용기와 자신감을 필요로 한다. 우리가 성장하며 넓은 세계로 도약할 때 삶의 기쁨을 최고조로 느끼게 될 것이다. 우리는 자신의 삶에 책임 의식을 가져야 한다. 자신의 삶에 책임 의식이 있는 사람이 삶을 성공적으로 만들어 간다.

19
복잡한 문제일수록
간단히 생각해라

인생은 본디 아주 간단한 것이다.
그러나 인생을 복잡하게 엮어가는 것은 우리 자신이다. __공자

자신감이 있는 사람은 어려움이 닥쳤을 때 흔들리기보다 자신의 위치와 행동을 분명하게 한다.

1960년대 초의 일이다. 등산을 좋아하는 몇몇 미국 청년이 세계에서 가장 높은 산인 에베레스트 산을 정복하려고 수차례 시도했으나 실패하고 말았다. 몇 번의 실패를 경험했으나 이들은 실망하지 않고 자신감을 갖고 다시 에베레스트 산을 등정하기로 다짐했다. 이들은 등정을 앞두고 신문기자들과 인터뷰를 했다. 기자들이 청년들에게 물었다.

“이번에는 에베레스트 산을 정복할 수 있을 것 같습니까?”

한 청년이 이렇게 대답했다.

“우리도 그렇게 되기를 원하고 있습니다! 우리는 최선을 다할 것입니다!”

그때 짐 위트카라는 청년은 의지에 찬 모습으로 이렇게 말했다.

“우리는 할 수 있습니다! 확신합니다!”

1963년 5월 1일 짐 위트카는 다른 세 명의 동료를 그 산길에 묻고 홀로 8,848m의 에베레스트 산 정상에 미국의 성조기를 꽂았다. 그는 자신의 신념을 자신감으로 이루어낸 것이다.

누구에게나 기회가 찾아온다. 중요한 것은 자신에게 찾아온 기회를 잘 잡을 수 있느냐다. 우리는 기회가 찾아왔을 때 계획과 자신감, 그리고 행동력을 조화롭게 구성해야 한다. 그래서 주어진 기회를 바람직한 방향으로 이끌어가야 한다.

삶의 방향이 정확해야 결과도 분명하다. 자신감이 있는 사람은 맡은 바 책임을 완수한다. 우리가 책임을 다할 때 주변 사람도 감동을 받을 수 있다. 우리에게는 진실을 향한 열정이 필요하다. 진실은 어디서나 통하는 길을 열어준다. 우리는 이 길을 자신감을 갖고 활기 넘치게 걸어가야 한다.

우리는 서로에게 다가가는 법을 배워야 한다. 서로에 대한 충고와

조언을 받아들이고 항상 새로운 눈으로 자신의 잠재력을 발견하고 그것을 계발해야 한다. 그리고 성공의 가능성이 얼마든지 우리 안에 있다는 것을 깨달아야 한다. 우리에게는 언제든지 어려움이 다가올 수 있다는 것 또한 알고 극복해야 한다. 우리는 막힌 길을 뚫고 새로운 길을 만들어가야 한다. 우리의 계획과 의무에 책임을 져야 한다.

삶에서 참다운 기쁨을 누리기 위해 예의와 신의를 지키고 진실해야 한다. 우리는 삶 속에서 향기를 발할 수 있다. 우리의 삶에서 가장 단순한 원칙은 올바른 마음가짐이다. 올바른 마음가짐이 삶을 최상의 상태로 만들어준다.

우리 중에는 이 세상의 가장 지옥 같은 삶 속에서 긍정적으로 살아가는 사람도 있고 행복이 넘치고 사랑이 가득한 곳에서 살면서도 부정적인 사고방식을 가진 사람도 있다. 우리가 긍정적인 삶을 살아가느냐 부정적인 삶을 살아가느냐는 바로 우리의 선택과 태도에 달려 있다.

누구나 편안하게 살고자 하는 욕구가 있다. 이러한 욕구를 채우기 위해 우리는 열심히 산다. 그러나 이런 욕구에만 만족한다면 사람으로 살아가는 것이 아니다. 인간다운 삶을 살아가는 욕구를 성취해야 한다. 능력을 얼마나 발휘하느냐는 자발성에 있다. 내 마음속에서부터 자신감을 갖고 벅찬 감격과 자원하는 마음이 있을 때 자신이 하고자 하는 일에 최대한 능력을 발휘할 수 있다.

자신감 있는 사람들은 비난이나 거절에 덜 민감하다. 그들은 그것들을 쉽게 간과해버린다. 자신감 있는 사람은 문제의 핵심을 먼저 생각하고 현재 주어진 일에 초점을 맞춘다. 자신감이 있는 사람은 실패를 자신의 가치와 동일시하지 않으며 고정관념에 사로잡히지 않는다. 자신감이 있는 사람은 도전을 낙관적으로 받아들인다.

우리는 지나치게 빠르게 앞서려고만 하지 말아야 한다. 순서와 절차를 지키고 인내심을 갖고 기다려야 한다. 설익은 과일은 제맛을 내지 못한다. 자신감을 갖고 수고와 인내와 각고의 노력으로 성공하는 삶을 보여주어야 한다.

세상에는 5%의 머리 좋은 사람과 95%의 평범한 사람들이 살아가고 있다.

영화 〈벤허〉를 만든 감독은 시사회장에서 벌떡 일어나서 이렇게 외쳤다고 한다.

"오! 하느님! 이 영화를 과연 제가 만들었습니까?"

우리는 자신이 가지고 있는 능력을 마음껏 발휘해야 한다. 한번 생각해봐라. 자신이 한 일을 보고 스스로 놀랄 정도라면 얼마나 멋지겠는가? 우리도 소리쳐 보자!

"오! 이 일을 정말 내가 했습니까?"

우리는 자신감을 가지고 삶을 벅찬 감동의 순간으로 만들어나가
야 한다. 성공한 사람들의 기본은 자신감을 갖고 주어진 일에 최선
을 다하는 자세다.

20
어려운 환경을 딛고 일어서라

외부 조건들이 변하기를 기다린다면 당신은 당신이 할 수 있는 일의
절반밖에 하지 못할 것이다. __시어도어 루빈

우리는 어려운 여건과 형편에 맞닥뜨리더라도 절대로 낙담하지 말아야 한다. 자신감을 갖고 우리에게 다가오는 험한 폭풍우를 헤쳐나가야 한다. 비와 태풍도 결국엔 지나가는 법이다. 그 후에는 맑고 푸른 하늘 아래 눈부신 햇살이 쏟아질 것이다.

우리는 어느 특정한 일에 몰두하고 있을 때 외에는 거의 다 자신의 일에 몰두하며 살아가고 있다. 우리에게도 수많은 장점이 있는데 다른 사람의 장점만 보며 기가 죽거나 위축되어 살 필요는 없다.

우리는 자신감을 갖고 살아야 한다. 모든 어려움을 극복하고 주어

진 여건에 당당하게 맞서서 견디고 이겨내야 한다.

우리는 주변 사람의 평가에만 신경을 써서 자신을 지나치게 억압하지 말아야 한다. 성공한 사람들은 자신의 결점을 장점으로 바꾸어놓은 사람들이다. 자신에게 둘러싸인 모든 난관을 극복한 사람들이다.

우리는 보통 성공한 일은 드러내고 싶어 하고 실패한 일은 감추려고 한다. 그러나 그런 모습을 감추려고만 해서는 안 된다. 있는 그대로를 보여주는 것이 좋다. 그럴 때 오히려 자신감이 생긴다. 우리가 정직하게 행하지 않으면 모든 것은 거짓이 되고 만다.

성격이 원만하다거나 착하다는 것은 성격상의 큰 장점을 가지고 있는 것이다. 이것은 분명히 매력적인 것이다. 하지만 그것만으로는 부족하다. 우리는 항상 변함없는 매력을 나타내면서 자신만의 독특한 삶의 방법을 끊임없이 추구하여 새로운 것에 도전해야 한다.

자신감이 있는 사람은 자신에게 없는 것을 찾고 구하고 만들어낸다. 남들이 도저히 할 수 없다고 불가능하다고 하는 것들을 이루어낸다. 그러므로 우리는 삶의 철학이 분명해야 한다. 우리의 삶의 철학이 분명하지 않으면 자신의 삶의 방향도 잡지 못하고 자신감도 가질 수 없다.

우리는 우리 속에 잠자고 있는 무한한 가능성을 자신감으로 열고 깨워서 제대로 발휘하여 우리의 삶을 성공적으로 이끌어가야 한다.

브라이언 트레이시는 이렇게 말하고 있다.

"당신이 목표를 위해 전심전력을 다하고 끈질기게 매달린다면 무엇인가를 반드시 성취하게 된다. 그러나 많은 사람이 도중에 용기를 잃고 포기해버린다. 한 걸음만 더 나아가고 한 순간만 더 견디면 크나큰 성공을 위한 돌파구를 만날 수 있는데도 말이다. 당신이 얼마나 절실하게 원하는가를 알아보려고 자연이 시련을 안겨줄 때 당신이 진실로 원하는 바를 보여주어야 한다."

자신감을 갖는다는 것은 사람답게 살고 싶다는 것이다. 의욕적으로 삶의 의미와 존재를 나타내려는 마음이다.

행운은 어쩌면 누구에게나 공평하게 찾아온다고 할 수 있다. 그러나 평생 그것을 깨닫지 못하는 사람도 있다. 그런 사람은 자신감이 없는 사람이다.

자신감을 갖고 살아가려면 근면해야 한다. 게으른 사람보다는 부지런한 사람이 여유가 있다. 왜냐하면 해야 할 일을 미리 해두었기 때문이다. 부지런한 사람은 매사에 성실하기 때문에 시간적인 여유가 있을 때 새로운 일을 한다. 이들의 한가로움은 결코 게으름이 아니다. 휴식의 시간이며 충전의 시간이다.

자신감은 우리의 삶을 날마다 의미 있게 만들어준다. 그리고 삶을 창의적으로 변화시킨다. 우리는 항상 긍정적인 눈으로 세상을 바라보아야 한다. 우리는 내일을 환상으로만 보는 것이 아니라 꿈과 비전을 갖고 그것을 현실로 만들어야 한다. 이런 일을 하는 것이 바로 자신감이다.

우리는 각기 나름대로 독특한 모습이 있다. 그러므로 확실한 자신감을 갖고 삶에 만족을 느끼며 살아야 한다. 우리의 삶은 참으로 가치 있고 소중한 것이다. 우리는 할 일을 앞에 두고 갈등이 생길 때 과감하게 시도할 수 있는 자신감을 가져야 한다. 이것이 성공의 비결이다. 오늘 최선을 다해야 내일 최대의 결과를 만들어낼 수 있다.

강물은 멀리서 보면 전혀 흐르는 것 같지 않지만 언제나 도도히 흐르고 있다. 자신감을 갖고 늘 열심히 자신의 일을 해나가는 사람은 도도히 흐르는 강물과 같다.

21
항상 겸손해라

자신감이 있는 사람은 겸손하다. 자신감이 없는 사람들이 우쭐대거나 과장하기를 좋아한다. 우리는 자신감을 갖고 겸손하게 행동해야 한다.

흑인영가를 불러 많은 사람의 심금을 울렸던 메리언 앤더슨은 미국뿐만 아니라 전 세계 팬들로부터 사랑을 받았다.

사람들은 그녀를 "100년에 한 사람 나올까 말까 한 아름다운 목소리의 주인공"이라고 표현했다. 그러나 그녀는 이런 말에도 조금도 교만하거나 거만해지지 않았다. 그녀는 항상 겸손한 삶을 살았다.

메리언 앤더슨은 백악관에서 루스벨트 대통령과 영국 여왕을 위한 독창회를 가졌다. 독창회가 끝나자마자 기자들이 몰려와 질문 공세를 했다.

"지금까지 가장 기뻤던 때는 언제입니까?"

기자들은 큰 상을 받았을 때나 독창회를 성공적으로 마쳤을 때라는 대답이 나올 것이라고 예상했다. 그러나 메리언 앤더슨의 대답은 의외였다.

"어머니께 이제 더 이상 남의 집 일을 하지 않아도 된다고 말씀드렸을 때입니다."

메리언 앤더슨은 어린 시절 집이 아주 가난해 어머니가 남의 집 일을 해주고 받은 돈으로 생활했던 것이다. 메리언 앤더슨은 성공한 후에도 자신이 어려웠던 시절을 잊지 않았다. 그러므로 그녀는 자신감이 넘치는 활동을 하면서도 겸손할 수 있었다. 그런 그녀의 모습 때문에 그녀는 팬들로부터 더욱 사랑받을 수 있었다.

우리의 삶에는 단계가 있다. 태어나고, 공부하고, 결혼하고, 죽는다. 우리가 어떻게 살아가는 것이 단 한 번의 삶을 가장 보람 있게 살아가는 것인지 찾아내 성실히 노력하는 삶의 지혜를 가져야 한다.

우리는 자기진단을 통해 올바른 삶의 기초를 확립하고 삶의 목적과 수단을 혼동하지 않고 살고 있는지를 냉정하게 살펴보아야 한다.

자신감은 우리를 위대하게 만들고 성실하게 만들며 용감하고 부지런하게, 또 진지하게 만든다. 우리가 자신감을 가질 때 생각하는 것이 달라지고 말하는 것이 달라지고 행동하는 것이 달라진다.

카를 힐티는 이렇게 말했다.

"생애 최고의 날은 자기 인생의 사명을 자각하는 날이다."

자기 자신을 잘 모르는 사람은 자신감도 없다. 그저 흐르는 세월을 따라 흘러가면서 살 뿐이다. 우리가 원하는 행복을 이룰 수 있는 방법은 자신감과 믿음뿐이다. 자신감은 우리의 마음을 새롭게 하는 것에서 비롯된다. 그리고 우리의 자신감은 성공 체험을 통해서 더 커진다. 우리가 자신감을 갖고 살아가려면 시대의 변화에 대처해야 한다. 우리의 변화는 의식의 변화에서부터 시작한다. 세상의 변화에 맞춰 우리 자신도 변화해야 한다.

우리는 저마다 성격과 습관이 있다. 우리의 습관에 따라 자신 있게 살 수도 있고 불안하게 살 수도 있다. 우리는 좋은 습관을 가져야 한다. 성공하려면 우울한 생각과 비관적 생각, 불안감을 없애야 한다. 불행은 곧 자신감 없이 삶에 대처한 결과다.

우리에게 찾아오는 기회를 자신 있게 붙잡아야 한다. 자신감은 좋은 습관을 갖게 해준다. 우리는 성공적인 삶을 위해 좋은 습관이 몸에 배게 해야 한다. 우리의 꿈은 우리의 삶 속에서 머지않아 현실이 될 것이다. 고결한 이상을 품고 꿈을 꾸면 반드시 이루어진다.

우리가 처한 모습은 그대로 자신의 생각과 노력의 결과다. 우리의 모습은 우리가 생각한 대로 만들어진다. 강해지려면 다른 사람이 가지고 있는 강한 모습을 본받고 노력해서 만들어가야 한다. 우리의 인격과 삶을 바꿀 수 있는 것은 오직 자신감뿐이다.

자신감이 없는 사람은 늘 고개를 숙이고 다닌다. 우리는 자신감을 갖고 하늘을 바라보고 우리에게 내려진 축복을 마음껏 누려야 한다. 성공의 원동력은 바로 우리 자신에게 있다. 그러므로 자신감을 갖고 사람을 사로잡을 수 있는 강한 힘을 나타내야 한다.

우리는 삶의 결실을 마음껏 거둘 수 있는 자신감을 가져야 한다. 우리가 땀 흘려 열매를 거두는 기쁨을 누려야 한다. 또한 활력이 넘치고 생동감이 넘치는 삶을 살아야 한다.

자신감이 강할수록, 선한 양심을 가질수록 성공은 분명하게 이루어진다. 정직하고 순수한 사람들만이 강한 자신감을 가질 수 있다. 자기가 원하는 것을 이루려면 깊이 몰두할 수 있는 끈기와 노력이 있어야 한다.

그리고 모든 헛된 이기심을 버려야 한다. 우리는 욕망을 버리고 순수하고 아름다운 생각을 행동으로 옮겨야 한다. 성공을 하려면 자기를 희생해야 한다. 이 세상의 어떤 일도 그냥 얻어지는 것은 없다.
모두 다 피와 땀과 눈물의 결실이다.

22
긍정적으로 사고해라

누구에게나 열정이 있다. 우리는 가지고 있는 열정을 다 쏟으며 자신 있게 살아가야 한다.

미국 가수 밥 딜런은 모든 포크 음악에 과감히 전자 기타를 도입했다. 그리고 포크록이라는 새로운 장르를 만들어냈다. 그는 어린 시절에 엘비스 프레슬리를 흉내 내며 그의 노래를 곧잘 따라 불렀다. 그는 자신감을 가지고 가수의 꿈을 이루어나갔다. 그리고 스무 살이 되자 당시 유명한 가수였던 우디 거스리를 만나기 위해 무작정 뉴욕으로 날아갔다. 한 번만 만나달라고 몇 시간 동안 조르며 기다리는 그의 고집에 우디 거스리는 방문을 허락했다. 밥 딜런은 드디어 자기가 존경하는 우디 거스리를 만나자 고민을 털어놓았다.

"선생님, 저는 목소리가 약하고 기타 연주 실력도 뛰어나지 않습니다. 그렇지만 노래를 부를 때가 가장 행복합니다. 그런 제가 가수가 될 수 있을까요?"

밥 딜런의 말을 듣고 잠시 생각하던 우디 거스리는 이렇게 대답했다.

"너의 노래를 불러라! 네가 진정 부르고 싶은 노래를 불러라!"

이 말은 들은 밥 딜런은 자신감이 생겼다.

세월이 흘러 밥 딜런은 드디어 대중의 열렬한 사랑을 받는 가수가 되었다. 어느 날 기자가 그에게 물었다.

"당신의 노래를 무엇이라고 말할 수 있습니까?"

밥 딜런은 이렇게 대답했다.

"나는 단순한 기교와 감정만으로 노래하지 않습니다. 내 모든 열정을 다 쏟아 노래를 부릅니다!"

모든 열정을 쏟는 사람에게는 찬사와 박수가 터져 나온다. 삶에 열정을 쏟으면 세상을 살아가는 맛과 멋이 있고 삶의 보람을 느낄 수 있다.

자신감 있는 사람은 성공을 이루며 살아간다. 그러나 자신감이 없는 사람은 먹고사는 데 급급한 삶을 살아가기에 삶에 의미가 없다. 갑자기 큰일이 닥치면 아무런 대처를 하지 못해서 그저 막막해할 뿐이다. 성공하기를 원한다면 자신감과 함께 뛰어난 사고로 삶의 변화를 일으켜야 한다.

오늘의 세상은 새로운 변화를 원하고 있다. 우리는 자신감을 갖고 변화에 대응하며 힘차게 살아야 한다.

데이비드 슈워츠는 이렇게 말했다.

"성공 여부는 어느 누구도 신체 조건, 학력, 집안 배경으로 판단되지 않는다. 그것은 그들의 생각의 크기에 의해 판단된다."

우리가 어려움에 처했을 때 자신감을 갖고 이겨내기 위해 더욱더 노력해나가는 데에 삶의 의미가 있다. 어려움이 있을 때 그것을 피하면 모든 것을 잃게 된다. 어려움을 꿰뚫고 성공을 보는 눈이 자신감 있는 눈이다.

우리는 누구나 가치 있는 삶을 살고 싶어 한다. 우리의 삶의 보람은 우리의 존재 자체가 누구에겐가 의미가 있을 때 가장 크게 확대된다. 우리는 스스로를 긍정적으로 평가해야 한다. 성공은 하루아침에 이루어지지 않는다. 천천히 한 계단씩 올라가는 것이다.

우리가 자신감을 갖고 삶에 모든 열정을 다 쏟으면 분명히 성공하게 된다.

우리는 넓은 마음을 가져야 한다. 넓은 마음은 열린 마음이다. 굳게 닫힌 마음은 좁은 마음이다. 자신감이 있는 사람은 넓은 마음을 가지고 있다. 넓은 마음을 가지고 있어야 인간관계를 맺을 때 폭넓게 이해하고 사랑하며 살아갈 수 있다. 우리는 마음을 다부지게 먹어야 한다. 우리에게 자신감이 있다면 하고자 하는 일을 분명하게 해낼 수 있다. 우리는 바른 생각으로 바른 행동과 바른 결과를 만들어내야 한다. 우리가 원하는 삶을 이루어내기 위해서는 자신감을 갖고 노력해야 한다. 우리의 숨어 있는 능력을 발견해내고 목표를 향해 열정을 쏟아야 한다.

스스로에게 자신감이 없으면 따뜻한 눈길로 이웃에게 다가갈 수 없다. 자신의 생각에만 집중이 되어버려 작은 어려움이 찾아와도 자신의 아픔만 크게 느낀다. 우리는 마음을 잘 다스려서 큰 산과 같은 마음으로 자신감 넘치는 삶을 살아야 한다.

부정적인 생각은 우울과 슬픔, 그리고 고민거리만 만든다. 그러나 긍정적인 생각은 행복을 만들어준다. 만일 우리가 생각을 볼 수 있다면 부정적이고 파괴적인 생각이 우리의 마음에 들어오지 못하도록 막을 것이다. 우리는 성공적인 삶을 위해 자신감 있게 외쳐야 한다.

"나는 자신 있다! 나는 자신감을 갖고 있다! 나는 자신감을 발휘할 수 있다!"

우리는 자신의 삶에 모든 열정을 다 쏟아 성공을 만들어야 한다. 그리고 목표를 정하고 그 목표를 향해 나가야 한다. 우리는 실패도 과감하게 돌파해야 한다. 우리는 모든 실패를 이겨낼 수 있다. 쓰러지지 말고 일어서서 도전해야 한다. 자신감이 없는 사람들은 실패를 맛보면 주저앉지만 자신감이 있는 사람들은 실패를 딛고 씩씩하게 다시 일어선다.

23

발상을 전환해라

기회는 자주 찾아온다. 우리는 자신감을 갖고 주어진 기회를 잘 활용해야 한다. 자신감은 눈에 보이지 않는다. 그러나 우리는 행동을 통해 우리의 자신감을 보여줄 수 있다.

한국전쟁이 막 끝나가던 해 어느 가을이었다. 미국의 오리건 주 유게네라는 마을에서 주민들을 상대로 종교 영화를 상영했다. 종교 영화라기보다는 한국전쟁이 낳은 전쟁고아들에 관한 이야기였다. 처참한 화면의 끝은 그들에게 보살펴 줄 손길이 필요하다는 내용이었다.

영화 상영이 끝나고 한 농부 부부가 영화에 관한 이야기를 하며 집으로 돌아가고 있었다.

"여보, 우리는 가난한 농부인데 그 아이들을 위해서 도울 수 있는 일이 있을까요?"

부부는 그 영화 내용을 잊으려 하면 할수록 잊히지가 않았다. 결국 그들은 내면의 소리에 정직하기로 마음먹고 생명 같은 땅을 팔아 한국에 왔다. 그리고 고아 여덟 명을 데리고 돌아갔다.

그 사실이 신문을 통해 알려지자 여러 단체에서 그들을 돕겠다는 연락이 왔다. 그 후 전쟁고아를 양자로 삼겠다는 사람들이 늘어나 부부는 기관을 설립하기로 했다. 아무것도 없던 이들 부부가 자신감을 갖고 시작한 이 단체가 바로 홀트아동복지재단이다.

자신감이 있는 사람은 기회가 찾아왔을 때 그 기회를 자신의 것으로 만든다. 자신에게 찾아온 새로운 목표와 행동 방향을 정해서 성공적인 삶을 만든다.

홀트는 바로 자신감을 갖고 정했기 때문에 성공적으로 자신이 하고자 하는 일을 해낼 수 있었다. 계획을 세웠다면 일을 잘 진행해나가야 한다. 우리에게 어려움이 찾아오면 그 어려움의 원인을 찾아서 제거해야 한다. 어려움이 다시 발생하지 않도록 예방하는 것이 중요하다. 아무리 의지가 강한 사람이라도 힘든 일이 계속되면 자신감을 잃기 쉽다.

고민거리가 생기면 피하지 말고 부딪쳐서 이겨내야 한다. 머뭇거리고 뒷걸음질하면 점점 더 성공에서 멀어지지만 한 걸음 한 걸음씩 전진하면 그만큼 성공의 길이 더욱 가까워진다. 고민이 많으면 그만큼 몸도 약해진다. 모든 걱정을 자신감으로 극복하고 주어진 일을 규칙적으로 해나가야 한다.

자신감이 있는 사람은 얼굴에 생기가 돌고 표정 또한 밝으며, 모든 일을 의연하게 받아들이는 넉넉한 마음을 가지고 있다. 또한 사람들을 끌어당기는 힘이 있고 자신의 능력과 매력을 오래도록 발산한다. 그리고 뜨거운 열정은 식을 줄 모른다. 자신감이 있는 사람은 순수하다. 어린아이 같은 마음을 가지고 순수하게 사람과 일을 사랑할 줄 안다.

자신감 있는 사람은 일을 찾아서 한다. 일을 하면 몸도 마음도 건강해진다. 일을 하지 않는 사람들이 덜 피곤하고 건강할 것 같지만 사실은 그들이 더 쉽게 지치고 몸이 약한 것을 볼 수 있다.

헨리 포드는 이렇게 말했다.

"봉사를 위주로 하는 사업은 번창하고, 이윤을 위주로 하는 사업은 쇠퇴한다."

우리는 혼자만을 위한 삶을 살아서는 안 된다. 서로가 행복할 수 있는 세상을 만들어가야 한다. 홀트는 그런 세상을 만들기를 원했고 그렇게 만들어갔다.

자신감이 있는 사람은 삶을 항상 새롭게 살아가기를 원한다. 그는 이 시대가 무엇을 요구하는지, 무엇을 필요로 하는지 알고 있다. 그리고 자신이 하고자 하는 일이 이루어질 때마다 더 새로운 일을 추구하며 다른 사람을 위한 희생과 봉사를 아끼지 않는다.

사랑하는 마음은 늘 흐르게 되어 있다. 하고자 하는 일이 있다면 자신감을 가지고 그 전체를 볼 줄 알아야 한다. 부분만 보고 망설일 것이 아니라 전체를 통해 사람들을 행복하게 만들어주는 것이 자신감 있는 사람들이 해야 할 일이다.

두뇌가 명석한 영국의 대학생 윌리엄 문은 주변 사람들에게 사랑과 부러움을 받으며 생활하고 있었다. 그는 자신의 지혜를 자랑하며 신은 없다고 부인했다.

어느 날 윌리엄 문이 사고를 당했다. 그는 그 사고로 두 눈을 잃고 말았다. 그는 절망 속에서 울부짖었다.

"하늘이여! 제게 왜 이런 시련을 주십니까?"

눈물을 흘리는 중에 문득 떠오르는 얼굴이 있었다. 실명하기 전에 거리에서 만난 맹인들이었다.

윌리엄 문은 마음속으로 결심했다.

“그 사람들을 위해 할 일이 무엇일까?”

윌리엄 문은 그때부터 맹인들을 위한 점자를 연구하기 시작해 문 타이프를 개발했다. 또 시각 장애인들을 위한 점자 성경도 편찬했다. 그는 삶에서 견디기 힘든 시련이 다가왔을 때 자신감을 회복하여 장애를 극복해냈다.

우리의 삶에서 다가오는 한순간의 시련과 고통은 삶의 불순물을 제거하는 용광로가 된다.

24
자신의 가능성을 믿어라

우리는 자신의 가능성을 믿고 그것을 자신 있게 나타내야 한다.

세계 최대 손해보험 회사인 에이온그룹 회장 클레멘트 스톤은 매일 아침 직원들에게 이렇게 외치게 했다.

"나는 오늘 기분이 좋다! 나는 건강하다! 나는 오늘 멋있다!"

클레멘트 스톤은 확신에 찬 이 세 문장의 말로 수십만 명의 영업사원들을 훈련시켜 회사를 대그룹으로 만들었다.

한 사람의 자신감 있고 확신에 찬 행동이 수많은 사람을 행복하게 만든다. 말의 위력을 과소평가해서는 안 된다. 우리가 하는 말로 우리의 삶을 만드는 것이다. 당당한 자기 확신을 가진 맹세는 우리가 원하는 것을 얻도록 한다. 언어 속에는 악착같고 끈질긴 노력에 의해 후원받는 엄청난 창조력이 숨어 있다.

성공한 사람들 중 대부분은 어릴 적 매우 소심한 성격이었다고 한다. 그들은 정신적 훈련을 통해 용기를 얻고 성공을 만들어갔다. 성공은 우연히 이루어지는 것이 아니다.

브루스 바턴이 이렇게 말했다.

"현재의 처지에 굴하지 않고 그보다 훨씬 더 나은 그 무엇이 자기 안에 숨어 있다고 굳게 믿는 사람들의 성취보다 더 훌륭한 것은 없다."

우리는 자아 이미지부터 바꿔야 한다. 우리는 자신감을 갖고 새로운 삶을 살아가야 한다. 새 옷에 헌 천 조각을 덧대지 말아야 한다. 과거를 떨쳐버리고 새롭게 시작해야 한다.

자신감과 비전은 모든 변화에 근본적인 역할을 한다. 우리의 노력을 통해 꿈은 꿈에서 끝나지 않고 현실이 된다. 우리는 이루고 싶은 것을 명확하게 알고 이루어가야 한다.

벤저민 프랭클린이 이렇게 말했다.

"인생을 사랑하는가? 그렇다면 시간을 헛되이 쓰지 마라. 인생의 재료가 바로 시간이다."

우리에게는 주어진 시간이 있다. 그 시간 안에 우리가 해야 할 일을 분명하게 이루어야 보람이 있다.

땅속에 씨가 아무리 많아도 물이 없으면 아무 소용이 없다. 온 세상에 꿈과 비전의 씨를 자신감 있게 심고, 열정의 비를 마음껏 뿌려야 한다.

윌리엄 아서 워드가 이렇게 말했다.

"작은 생각만큼 성취를 제한하는 것도 없다. 자유로운 생각만큼 가능성을 확장하는 것도 없다."

우리는 자신감을 갖고 보다 넓은 사고를 해야 한다.

제시한 성공의 조건 - 후나이 유키오

1. 어떤 일이든지 긍정적이고 플러스적인 발상을 해라.

2. 지금 상태에서 전력투구해라.

3. 양심의 소리에 귀를 기울여라.

4. 지나간 일에 집착하지 마라.

5. 가슴이 두근거리고 흥분되는 새로운 일인 동시에 세상을 위하는 일에 착수해라.

6. 고정관념을 버려라.

오늘 우리에게 중요한 것은 자격증이나 잠재력이 아니라 어떤 업적을 달성해내는 것, 즉 눈에 보이는 실력이다. 학력만으로 모든 걸 판단하는 시대는 지났다.

"나는 이 분야에서 어느 누구에게도 뒤지지 않는다"라고 말할 수 있을 만큼 자기 분야에서 고도의 전문 지식과 경험, 그리고 실전 능력을 키워야 한다.

우리는 자신이 할 일을 절대로 포기하지 말아야 한다. 윈스턴 처칠이 93세가 되었을 때 한 대학의 초청으로 강연을 하게 되었다. 멀리 있는 사람들도 당시 영국에서 가장 유명한 그의 강연을 듣기 위해서 몰려들었다. 학장은 처칠을 영국에서 가장 의미 있는 삶을 산 인물로 소개했다.

처칠은 박수를 받으며 연단에 올랐다. 그는 간단히 다음과 같이 말했다.

"여러분! 절대로, 절대로, 절대로 포기하지 마십시오!"

포기는 자신이 무능력하다는 것을 나타내는 것이다. 자신감이 있는 사람은 절대 포기하지 않는다.

스피노자가 이렇게 말했다.

"할 수 없다고 생각하는 동안은 사실은 그것을 하기 싫다고 다짐하는 것이다."

우리의 생각은 늘 할 수 있다는 긍정적인 사고로 가득해야 한다.

로스차일드는 이렇게 말했다.

"많은 일을 하려고 하는 사람은 지금 당장 한 가지 일을 하지 않으면 안 된다."

모든 것은 하나에서 시작한다. 하나를 잘 시작하면 모든 것을 잘 이루어갈 수 있다. 무엇이든 시작이 중요하다.

성악가 카루소의 어린 시절 꿈은 밀라노의 스카라극장에서 노래를 부르는 것이었다. 그러나 그는 자신의 꿈을 이루지 못할 헛된 꿈으로만 생각하고 아무런 희망도 없이 유랑 극단에서 일했다. 어느 날 그는 시칠리아에서 친구를 만났다. 그 친구는 카루소가 유랑 극단에서 부르는 노래를 들었으나 아무런 감동을 받지 못했다. 친구는 카루소의 재능을 믿었고 카루소가 갖고 있던 꿈을 잘 알고 있었기 때문에 그곳에서 일하는 그가 안타까웠다. 그래서 카루소에게 꿈을 잃고 여기서 지금 무엇을 하고 있느냐고 물었다. 친구의 말을 들은 카루소는 자신의 삶을 다시 생각해보았다. 노래 연습을 하지 않았고 현실에 적응해 목표를 포기하고 있었다. 자신감을 잃어 아무것도 하지 못하는 모습이었다.

절망한 카루소는 술을 마셨다. 어느 날 술에 완전히 취해서 무대에 오른 그는 소프라노 여가수의 의상을 밟아 찢어놓고 말았다. 이

때문에 무대 전체가 엉망이 되었다. 이때 정신을 차린 카루소는 마지막 장에서 자신이 밀라노의 스카라극장에 서 있다고 생각하며 최선을 다해 노래를 불렀다. 관객들은 그의 열창에 온몸에 소름이 돋을 정도로 큰 감동을 받았다. 또한 비평가들도 호평을 했다. 모두 다 지금껏 들어본 적이 없는 최고의 노래라며 찬사를 아끼지 않았다.

카루소는 자신감이 생겼다. 그 후 그는 유랑 극단을 떠나 밀라노 스카라극장에 들어갔다. 그는 매일 피나는 연습을 했으며 매사에 최선을 다했다. 자신이 원하는 일을 하기 위해 부단한 노력을 한 결과 카루소는 세계적인 성악가가 되었다.

우리의 집중된 노력은 결과를 만들어내고 자신감을 확대시킨다.

카를 힐티는 이렇게 말했다.

"일의 기쁨은 몸소 잘 생각하고 실제로 체험하는 것에서밖에 생겨나지 않는다."

우리의 삶의 기쁨은 자신이 땀 흘린 결과에서 나타난다.

미국의 농구 역사상 가장 성공적인 코치는 팻 라일리다. LA레이커스 선수들은 1986년 경기에서 더 이상 성적을 올릴 수 없다고 낙담하고 있었다. 라일리 코치는 선수들에게 1%만 더 잘하라고 용기를 북돋았다. 라일리 코치는 "열두 명의 선수가 다섯 경기에서 1%씩만 더 잘 뛰어준다면 팀 전체에 60% 효과가 있다"라고 말했다.

　1%의 노력이 그렇게 큰 효과를 가져온다면 선수들이 더 나은 경기를 치를 가능성은 높아진다. 결국 LA레이커스 선수들은 그해 경기에서 우승을 차지했다.

　우리가 충만한 자신감을 갖기를 원한다면 지금 현재 상태에서 조금 더 발전할 수 있도록 열정을 쏟아야 한다. 세상은 자신감을 갖고 노력하는 사람의 손에 열매를 가득 쥐여준다.

25
재능을 마음껏 발휘해라

작곡가 프란츠 요제프 하이든은 자신이 작곡한 오라토리오 〈천지창조〉가 공연되는 비엔나 대음악관에 참석했다. 고령으로 신체가 약해져서 이 위대한 작곡가는 휠체어에 앉아 있어야 했다. 그의 웅장한 작품이 연주되는 동안 청중은 큰 감동에 휩싸였다. "빛이 있으라" 부분에 도달했을 때 합창단과 오케스트라의 연주는 폭발적인 경지에 달했고 이에 청중은 그 흥분과 열정을 더 이상 참을 수가 없었다. 장엄한 음악, 또 작곡가가 함께 참석했다는 것이 그 많은 청중으로 하여금 자기도 모르는 사이에 자리에서 일어나 우렁찬 박수갈채를 그에게 보내게 했다. 하이든은 불편한 몸을 겨우 일으켜서 손을 내저었다. 그는 팔을 들어 하늘을 가리키며 말했다.

"아니오! 아니오! 이것은 나에게서 나온 것이 아니고, 모두 저기에서 나온 것이오!"

이렇게 영광과 찬사를 창조주에게 돌리고 하이든은 자신의 휠체어에 앉았다.

우리가 이루어놓은 것들이 제대로 평가를 받을 때 우리는 얼마나 기쁜가? 우리가 만든 성취의 열매를 볼 때 얼마나 감동을 받는가? 우리는 삶을 가치 있고 보람 있게 살아야 한다. 삶이라는 작품은 우리가 만드는 것이다.

신대륙을 발견한 콜럼버스는 자신감을 갖기 위해 "나는 할 수 있다"라는 말을 100번 이상 반복해서 외쳤다고 한다. 그는 망망한 바다를 건너 어딘가에 거대한 땅이 있을 것이라는 확신을 했다. 그랬기에 서른한 번이나 실패를 거듭했음에도 낙심하지 않았다. 그는 자신감을 갖고 계획과 꿈을 실행해 마침내 위대한 일을 해냈다. 1492년, 아메리카 대륙을 발견한 것이다.

인간의 노력이란 실로 위대한 일들을 만들어낸다.

다나카 고이치는 어떻게 노벨화학상을 받을 수 있었겠는가? 그는 수많은 실패를 거듭할 때마다 자신의 실패 원인을 철저하게 분석하는 습관을 가졌다. 그는 말했다.

"저 역시 수많은 실패를 겪었고 그럴 때마다 의기소침해져서 더 이상 그 일을 쳐다보기도 싫었습니다. 그렇지만 왜 실패하게 되었는지 원인을 밝히지 않으면 안 됩니다. 그것을 끝까지 규명하지 않으면 똑같은 실패를 반복하고 맙니다."

다나카 고이치의 이러한 습관이 노벨화학상을 수상하는 데 밑바탕이 된 것이다.

습관은 삶을 새롭게 변화시킨다. 자신의 성공 비결을 안다면 그대로 행해야 한다.

자신감이 있는 사람은 자신의 삶에 행운을 끌어당기는 방법을 알고 있다.

행운을 끌어당기는 방법 – 제임스 얼 존스

1. 아침에 일어나면 "오늘은 좋은 날"이라고 큰 소리로 외쳐라. 상쾌한 아침이 기분 좋은 하루를 열어준다.
2. 거울을 보면서 활짝 웃어라. 그러면 거울 속의 그 사람도 당신을 보고 웃는다.
3. 가슴을 펴고 당당하게 걸어라. 어깨를 움츠리고 힘없이 걷지 마라.

4. 마음 밭에 사랑을 심어라. 그것이 자라나서 행운의 꽃을 피운다.

5. 세상의 모든 일을 축복해라. 세상도 나를 축복해준다.

6. 얼굴 표정을 밝게 해라. 표정이 밝은 사람에게 좋은 운이 따라온다.

7. 힘들다고 불평하지 마라. 정상에 가까울수록 힘이 들게 마련이다.

8. 끊임없이 자신의 기량을 갈고닦아라.

9. 그림자는 빛이 있기 때문에 생겨난다. 어둠을 탓하지 말고 몸을
   돌려 태양을 보아라.

10. 상대방을 존중해라.

11. 끊임없이 베풀어라. 샘물은 퍼낼수록 맑아지게 마련이다.

12. 안 될 이유가 있으면 될 이유도 있다.

13. 가정을 위해 먼저 기도해라. 가정은 희망의 발원지요, 행복의 중
    심지다.

14. 장난으로도 남을 비난하지 마라.

15. 교만하지 마라. 애써 얻은 행운이 한순간에 달아난다.

16. 오늘 일을 내일로 미루지 마라.

17. 꿈을 잃지 마라. 푸른 꿈은 행운을 만들어준다.

18. 말로 상처를 입히지 마라. 칼로 입은 상처는 치료되지만 말로 입
    은 상처는 평생 간다.

19. 먼저 자신을 사랑해라. 내가 나를 사랑해야 남도 사랑할 수 있다.

20. 어두운 생각을 하지 마라. 어두운 생각은 불행을 만든다.

21. 마음을 활짝 열어라. 마음을 열면 행운이 찾아온다.

22. 모든 일에 감사해라. 감사하면 감사할 일이 생긴다.

23. 잠을 잘 때는 하루 중 좋은 일만 떠올려라. 아침의 기분이 바뀐다.

24. 자신의 숨겨진 재능을 찾아라.

유명한 영화배우인 제임스 얼 존스는 여덟 살 때부터 말을 많이 더듬었다. 그의 선생님들은 성적을 측정하기 위해서 학습한 내용을 글로 쓰도록 해야만 했다. 그는 할아버지 농장에 있는 동물들과는 말을 할 수 있었지만 처음 보는 사람들 앞에서는 금방 얼어버렸다. 제임스 얼 존스에게는 자신감이 없었던 것이다.

그가 열네 살 되던 해에 영어 선생님인 도널드 크라우치는 그가 시를 읽고 쓰는 것을 좋아한다는 사실을 발견했다. 지혜와 통찰력을 가진 선생님은 그의 기억 속에 담긴 시를 소리 내어 읽음으로 시를 썼다는 사실을 증명해보라고 했다.

비웃는 급우들의 얼굴을 바라보며 부들부들 떨던 제임스 얼 존스는 시 낭송을 시작했고 마지막까지 순조롭게 낭송을 마쳤다.

제임스 얼 존스는 분명한 재능을 가지고 있었다. 도널드 크라우치 선생님이 찾아줄 때까지 묻혀 있었을 뿐이다.

우리는 누군가 우리에게 힘을 주고 우리를 인정해줄 때 자신감이 생긴다. 스스로 "나는 할 수 있다"라는 확고한 자신감을 가져야 한다.

M. 스콧 펙이 이렇게 말했다.

"나를 끊임없이 놀라게 하는 몇 가지 중 하나는 어떻게 해서 극히 소수의 사람만이 용기가 무엇인지 이해하는가 하는 점이다. 많은 사람이 용기란 두려움이 없는 상태라고 생각한다. 두려움이 없는 것은 용기가 아니다. 두려움이 없는 것은 일종의 뇌 손상의 증거다. 용기란 두려움 혹은 고난에도 불구하고 전진하는 능력이다."

우리는 꿈을 실현하기 위해서 자신감을 갖고 결연하게 원하는 것을 향해 첫걸음을 내딛어야 한다.

26
시간 관리를 잘해라

자신감은 삶을 살아가는 요령이나 방법을 말하는 것이 아니다. 마음의 진실을 말하는 것이다. 우리는 진실할 때 더 큰 힘을 발휘할 수 있고 마음이 행복해진다. 우리의 마음에는 늘 갈등이 일어난다. 그러나 갈등이 아닌 확신에 의해 움직이는 것이 자신감이다.

찰스 루크먼은 빈손으로 시작할 정도로 가진 것이 없었다. 그러나 그는 펩소던트 회사에서 12년 만에 가장 높은 연봉을 받는 인물이 되었다.

그는 시간 관리에 대해서 이렇게 말한다.

"나는 내 기억이 닿는 까마득한 옛날부터 새벽 다섯 시면 일어나는 습관을 길러왔다. 하루 중에 그 시간이 생각을 가장 잘 정리할 수 있는 시간이기 때문이다. 나는 그 시간을 이용해서 오늘 하루 해야 할 일들에 대해 계획을 세우고 가장 중요한 것부터 순서를 정하곤 한다."

우리는 급한 일을 제대로 처리해야 한다. 프랭크 베트거는 새벽 다섯 시에 일어났다. 일을 제대로 처리하기 위해서였다. 그는 미국에서 가장 눈부신 성공을 거둔 보험 세일즈맨이 되었다. 그는 다음 날 어느 정도의 판매액을 달성할 것인지를 그 전날 밤에 미리 계획해두곤 했다. 만약 그 계획을 달성하지 못하면 나머지 부분이 다음 날로 밀려난다. 그는 경험을 통해서 언제나 중요한 일부터 먼저 순서를 정할 수 없다는 것도 알았다. 하지만 제일 급한 일을 가장 먼저 처리하는 것이야말로 가장 좋은 방법이라는 것을 알고 자신감을 갖고 처리했기 때문에 성공할 수 있었다.

성공하는 사람들은 시간 관리의 명수다. 자신감이 있는 사람들이 시간 관리를 잘한다.

우리에게 해야 할 일이 있을 때 자신감이 있는 사람은 일할 방법을 찾아내지만, 자신감이 없는 사람은 여러 가지로 피할 궁리만 한다.

굴드가 이렇게 말했다.

"셰익스피어는 그의 작품 대부분을 빵과 버터와 생활비를 얻기 위해서 썼다. 처음부터 위대한 일을 계획하고 노력한 끝에 위대한 업적을 남긴 사람도 있지만 사람의 일이란 늘 생활과 연결되는 것이다."

우리는 우리의 생활과 성공이 연결된다는 것을 알고 꾸준한 발전을 거듭해야 한다. 이 세상을 살아가는 그 어떤 사람도 고난과 역경 없이는 결코 성공할 수 없다. 우리는 늘 노력하고 자신을 개선하는 삶을 살아야 한다.

자신감이 있는 사람은 늘 성실하다. 성실한 사람은 매일 자신이 해야 할 일을 반드시 해나가며 꾸준하고 변함없이 노력한다.

맥스웰 말츠는 『성공의 법칙』에서 이렇게 말했다.

"인간은 항상 자기 자신과 환경에 대해 스스로가 진실이라고 믿는 이미지에 따라 행동하고 느끼며 살아간다."

자신감을 갖고 소신 있게 일하는 사람들은 누구나 시간 관리가 철저하다. 남보다 한 걸음 앞서 가야 하기 때문이다. 자신감과 철저한 프로 정신을 갖고 있어야 성공할 수 있다.

자신감이 있으면 걱정만 하며 기다리고 있지만은 않는다. 곧 행동으로 옮긴다. 우리는 모든 일에 망설이고 주저하기보다는 불완전할 때 한 걸음 더 나아가 완전하게 만들어야 한다. 우리는 언제나 희망을 갖고 살아야 한다.

『탈무드』에 이런 말이 있다.

"일을 끝까지 못 해도 좋다. 다만 처음부터 포기할 생각만은 하지 마라. 그대에게 그 일을 맡긴 사람은 언제나 희망을 잃지 않는다."

우리는 생각보다 더 강한 것을 가지고 있다. 그것은 우리의 생각을 나타낼 수 있는 자신감이다.

27
약점을 극복해라

우리는 자신의 약함을 인정하는 것을 두려워하지 말아야 한다. 자신의 약함이
어디에 있는가를 알면 알수록 그것을 강하게 하는 일에 힘을 쏟기가 쉽다. __원이둬

캐스데이리는 가수가 되는 게 꿈이었다. 그러나 자신의 입이 너무
크고 이가 보기 싫게 튀어나와 그것이 항상 고민거리였다. 그녀는
일류 가수 흉내를 내며 노래를 불렀으나 사람들에게 인정을 받지 못
했다. 보기 흉한 이를 감추기 위해 의식적으로 입을 작게 벌리다 보
니 목소리가 제대로 나오지 않았던 것이다. 그때 한 사람이 그녀에
게 이렇게 말해주었다.

"자신의 모습을 숨기려고 애쓰지 마세요. 있는 모습 그대로를 보
여주세요. 입을 크게 벌리고 노래를 부르세요. 사람들은 숨기지 않

고 자신 있게 노래하는 당신의 모습을 더 좋아할 겁니다. 당신의 약점이 오히려 당신의 귀중한 재산이 될 겁니다."

캐스데이리는 이 말을 받아들여 노래할 때 외모가 어떻게 비춰지든 상관 않고 크게 입을 벌려 가창력을 마음껏 뽐냈다. 청중은 그녀의 아름다운 목소리에 반했으며, 그녀의 개성 있는 외모마저도 사랑하게 되었다. 그렇게 그녀는 자신의 약점을 극복함으로써 유명한 가수가 되었다.

이런 이야기가 있다. 아주 예쁜 코와 눈과 입과 귀로 얼굴을 새롭게 만들어보았더니 오히려 아주 못생긴 얼굴이 되었다는 것이다. 사람은 저마다 나름대로의 매력과 아름다움을 지니고 있다. 그러므로 우리는 약점을 극복하고 자신감 넘치게 살아가야 한다. 우리는 자신의 한계를 뛰어넘어야 한다.

수 밀러라는 모델은 37세의 나이에 유방암 진단을 받고 수술을 받았다. 그녀는 깊은 좌절에 빠졌다. 살기 위해 어쩔 수 없이 받아야 하는 수술이었지만 예전처럼 아름답지 않은 자신의 모습을 보고 그녀는 모든 자신감을 잃었다. 그녀는 사람들을 피했고 집 안에만 틀어박혀 지냈다. 예전의 밝고 활동적인 모습은 더 이상 찾아볼 수 없었다.

그러던 어느 날 한 패션쇼에 참석해달라는 요청을 받았다. 그 패션쇼는 유방암 수술을 받은 모델들이 다 함께 참여하도록 특별히 마련된 자리였다. 패션쇼에 소개되는 옷 중에는 수영복을 비롯하여 속옷도 포함되어 있었다.

그녀는 망설였다. 그 옷을 입고 사람들 앞에 설 자신이 없었다. 그러나 그녀는 용기를 내서 패션쇼에 참석했다.

그녀는 이렇게 말했다.

"내 안에서 어떤 치유하는 능력이 움직이는 걸 느꼈습니다. 모델로 참가했던 우리는 자신감을 갖게 되었습니다. 관객들은 훌륭한 패션쇼뿐 아니라 유방암이 모든 행복을 빼앗을 수 없음을 보게 되었습니다."

이날 열린 패션쇼는 대성공을 거두었다. 이 일로 자신감을 얻은 그녀는 후에 그 패션쇼를 '사랑의 날'이라는 연중 기획 행사로 발전시켰다.

자신의 약점을 통해 사람들이 자신감과 용기를 갖는 것을 본 그녀는 자신이 해야 할 일을 또 한 가지 생각해냈다. 그것은 유방암 수술을 받기 위해 병원에 입원하는 여성들을 개별적으로 도와주는 일이었다.

그리고 그녀는 얼마 후에 대학에서 건강 관련 부문의 학위를 얻기 위해 공부를 시작했다. 몸과 마음이 모두 피곤했던 삶의 가장 어두운 시기에 그녀는 자신의 좁은 울타리에서 벗어나 다른 사람들을 위해 헌신적으로 봉사함으로써 그 어느 때보다 더 의미 있고 보람된 삶을 살게 되었다.

우리는 혼자서는 아무것도 할 수 없다. 우리는 우리를 도울 수 있는 사람을 만나야 한다. 서로 도우면 그 힘을 증대시킬 수 있다. 혼자라는 말보다 우리라는 말이 외로움을 떨쳐주듯이 함께할 때 더 큰 힘을 발휘할 수 있다.

우리는 날마다 함께하는 사람들과 우리의 삶을 변화시켜야 한다. 자신감을 갖고 살아가려면 자신을 가치 있게 바꾸어야 한다.

나를 가치 있게 바꾸는 방법

1. 창조적인 생각을 한다.

2. 시간을 잘 사용한다.

3. 재능을 살린다.

4. 좋은 습관을 기른다.

5. 매력 있는 사람이 된다.

6. 긍정적인 사고로 근심과 걱정을 떨쳐버린다.

7. 어디서나 필요한 사람이 된다.

우리는 나만의 능력을 찾아내야 한다. 그리고 한계를 자신감으로 뛰어넘어야 한다.

윈스턴 처칠은 이렇게 말했다.

"결코 양보하지 마라. 위대한 것이든 사소한 것이든, 커다란 것이든 보잘것없는 것이든 결코 굴복하지 마라."

우리는 때로는 앞서서 행동할 용기가 없어서 다른 사람이 먼저 행동해주기를 바란다. 자기 자신 앞에 놓인 상황을 스스로 극복할 수 없는 사람은 아직도 성장하지 못한 사람이다. 자신감이 있는 사람은 성장한다. 자신이 무엇을 해야 할지를 알고 행동한다. 그리고 스스로 실천해나간다.

28

자신에게 찾아온 사랑을
놓치지 마라

우리의 마음에는 찾아오는 것들이 많다. 우리가 자신감이 있다면 자신에게 찾아온 사랑을 온전하게 받아들여야 한다. 사랑을 받아본 사람만이 사랑을 할 수 있다.

미국의 제32대 대통령인 프랭클린 루스벨트는 젊었을 때 골수염으로 다리를 못 쓰게 되었다. 그가 대통령이 되기 전의 일이다. 하루는 그가 쓸쓸한 목소리로 아내 엘리너에게 이렇게 물었다.

"여보, 당신은 내가 이렇게 불구가 되었는데도 나를 사랑하오?"

엘리너는 분명한 어조로 다음과 같이 말했다.

“사랑하고말고요. 저는 당신의 다리, 당신의 숨결, 당신의 모든 것을 사랑할 뿐 아니라 당신의 전 인생, 미래까지도 사랑해요.”

이 말에 루스벨트는 자신감을 갖게 되었다. 그는 엘리너의 말에 용기를 얻어 역경을 극복하고, 4선 대통령으로서 경제공황을 타개하고 민주주의를 정착시키는 등 많은 업적을 남겼다.

랠프 월도 에머슨이 이렇게 말했다.

“우리는 긴 인생을 갈망한다. 그러나 그것은 신중하고 가치 있는 인생을 의미한다. 시간을 잘 활용하는 것은 기계적으로 사는 것이 아니라 진실하게 사는 것이다.”

우리는 언제나 진실하게 살아야 한다. 진실은 어디서나 빛을 발한다.

루스벨트, 헬렌 켈러, 처칠, 슈바이처, 간디, 아인슈타인 등 300명의 성공한 사람들을 조사한 결과 4분의 1이 시각 장애, 청각 장애, 소아마비 장애를 갖고 있었음이 밝혀졌다. 나머지 4분의 3 중에도 가난하거나 결손가정 출신, 그렇지 않더라도 불우한 환경 속에서 자란 사람들이 많았다. 성공한 사람들이 자신의 수많은 역경을 어떻게 극복했겠는가? 그것은 바로 믿음과 자신감이다. 그들은 실패할 이유를 찾기보다는 새로운 도전을 하여 성공적인 삶을 이루어냈다.

성공한 사람들의 대부분은 한결같은 공통점을 가지고 있다. 몸이 아프다거나 사업의 실패를 경험했다든가 뼈아픈 시련을 겪었다는 것이다. 이런 아픔들이 오히려 이들에게 자신감을 갖게 만들었고 시련 속에서 성공을 꽃피우게 했던 것이다.

사람들은 큰 어려움이 닥치면 지레 겁을 먹고 포기한다. 그러나 자신감이 있는 사람은 그 순간을 잊지 않고 고난이나 실패조차 성공의 기회로 만든다. 우리에게 오늘은 다시 오지 않기에 오늘 최선을 다해 산다면 결과는 좋아진다.

우리는 자신의 욕망만 충족하는 평안한 삶을 살기를 원해서는 안 된다. 현명하게 계획을 세우고 시간을 잘 관리해서 찾아온 기회를 잘 잡아야 한다. 우리가 어떻게 행동하느냐에 따라 삶의 모습이 달라진다. 그러므로 우리의 경험 하나하나가 매우 중요하고 삶의 순간순간이 너무나 소중한 것이다.

자신감이 있는 사람은 자신의 존재를 잘 알고 있는 사람이다. 루스벨트는 삶에 여러 가지 불리한 여건을 갖고 있었지만 자신의 존재의 의미를 알았기에 고통에서 벗어나 자신에게 찾아온 사랑과 기회를 잘 잡아서 성공적인 삶을 살았다.

레오나르도 다빈치가 이렇게 말했다.

"굳센 의지의 힘으로 자기를 명령하고 자기를 통제해나갈 때 운명은 저절로 극복될 것이다."

오늘을 살아가는 사람들 중에 자기의 삶을 운명으로만 생각하고 고통과 아픔이 찾아올 때 실의에 빠져 그대로 무너지는 사람들이 있다. 이런 사람들은 자신감이 없는 어리석은 사람들이다. 우리는 삶을 스스로 책임질 줄 알아야 한다. 성공을 만들어내는 사람은 자신을 알고 있다. 자신감이 있는 사람은 즐겁게 일하고 다른 사람을 이끌 수 있는 리더십을 가지고 있다.

루스벨트는 누구든지 만날 사람이 있으면 그 사람이 특히 좋아할 만한 문제에 대해 그 전날 밤늦게까지 책을 찾아보고 연구를 했다. 그는 사람의 마음을 사로잡는 지름길은 상대방이 가장 깊은 관심을 갖고 있는 문제를 화제로 삼는 것이라는 점을 알고 있었다. 그래서 그는 연구한 대로 사람들을 만났고, 그때마다 자신감을 갖고 사람들을 대할 수가 있었다.

나태한 사람은 무슨 일을 해도 성공할 수가 없다. 그들은 심한 열등감에 사로잡혀 번민하고 원망만을 일삼는다. 그러나 자신감이 있는 사람들은 아무리 힘든 일이라 해도 잘 견디고 잘해내고야 만다. 많은 사람이 자신감을 잃고 고비를 넘기지 못해서 쓰러지고 넘어진다. 행복하기를 바라는 사람들은 누구나 일하기를 원하고 그 일에 열중한다.

우리는 자신감을 갖고 삶을 멋지게 그려야 한다.

29

나에게 힘이 되어주는
사람을 만나라

행복한 사람이 다른 사람들을 행복하게 만든다.＿잉거솔

자신감 있는 사람은 능력 있는 사람을 좋아한다. 그들과 만나고 그들과 친하게 지내고 그들에게 배우고 그것을 잘 활용한다. 자신감이 있는 사람은 남을 잘 배려해주는 넓은 마음을 가지고 있다.

자동차왕 헨리 포드는 농촌에서 태어났다. 열여섯 살 때 디트로이트로 가서 토머스 에디슨이 세운 회사에 직공으로 취직했다. 헨리 포드는 누구보다 열심히 일을 해 회사에서 인정을 받았다. 한번은 에디슨을 만날 기회가 있었다. 그는 에디슨에게 물어보았다.

"가솔린 엔진이 기계를 돌릴 수 있습니까?"

에디슨이 대답했다.

"돌릴 수 있습니다."

이 말 한마디에 헨리 포드는 자신감이 생겼다.

헨리 포드는 자동차 엔진을 만들기 시작했다. 헨리 포드의 꿈은 하루아침에 이루어진 것이 아니다. 수많은 실패를 거듭한 뒤에 이루어낸 것이다. 그는 연구를 시작한 지 13년 만에 자동차 엔진을 만들어냈다.

프레더릭 더글러스는 이렇게 말했다.

"노력 없이는 발전이 없다. 자유를 좋아한다고 고백하면서 그것을 위한 선동을 비난하는 사람들은 땅을 갈지 않고 곡식을 거두기를 바라는 것과 다를 바 없다. 또한 천둥과 번개 없이 비를 바라는 사람들과 같다."

원하는 것이 있다면 확신과 자신감을 가지고 해내야 한다. 노력이란 자기 자신과 싸우는 것이다. 우리가 가진 모든 가능성을 개발해 나가는 것이다.

헨리 포드는 80세 생일을 축하하는 자리에서 이렇게 말했다.

"내가 살아오는 동안 나는 허황된 계획을 꾸민 적도 있었고 실현 불가능한 꿈을 가진 적도 있었습니다. 그러나 아내는 한 번도 불평하거나 의심하지 않았을 뿐만 아니라 언제나 나를 믿어주었습니다.

오늘 내가 있을 수 있는 것은 바로 나를 그렇게 믿어준 아내 덕입니다. 그리고 그것이 나의 가장 큰 기쁨입니다."

우리는 모두 주변 사람들에게 인정을 받고 싶어 한다. 자신의 진정한 가치를 알아주길 바라는 것이다. 사람들에게 인정을 받으면 강한 자신감이 생긴다.

우리를 사랑해주는 사람들은 우리에게 자신감을 심어준다. 우리에게 사랑을 주는 사람을 만나려면 우리부터 다른 사람을 사랑해야 한다. 자신감이 있는 사람이 남에게도 사랑받는다.

코카콜라 회장이 신년사에서 이렇게 말했다.

"인생을 공중에서 네 개의 공을 돌리는 곡예사라고 상상해봅시다. 각각의 공을 일, 가족, 건강, 친구라 명명하고 공중에서 공을 돌리고 있다고 생각합시다. 조만간 당신은 일이란 공은 고무로 되어 있어 떨어뜨려도 바로 튀어 오른다는 사실을 알게 될 것입니다. 그러나 다른 세 개의 공은 유리로 되어 있다는 것을 알게 될 것입니다. 만일 이중에 하나라도 떨어뜨리게 되면 공은 닳고, 상처 입고, 긁히고, 깨지고, 흩어져 버려 다시는 전과 같이 될 수 없을 것입니다. 당신은 원하는 것이 있다면 확신과 자신감을 가지고 해내야 합니다. 노력이란 자기 자신과 싸우는 것입니다. 우리가 가진 모든 가능성을 개발해나가는 것입니다. 이 사실을 이해하고 인생에서 이 네 개의

공이 균형을 유지하도록 노력해야 합니다.”

우리에게는 소중한 것들이 많이 있다. 그중에서 가장 귀중한 것은 사랑이다. 사랑을 많이 받은 사람이 자신감이 넘치고 겸손하다. 그리고 베풀 줄 아는 마음을 가지고 있다. 베푸는 따뜻한 마음, 칭찬을 해주는 언어, 정겨운 눈동자, 명랑한 목소리, 힘 있는 악수, 이 모든 것이 우리 자신에게도 자신감을 주고 우리 주변에 있는 사람들에게도 사랑과 희망을 나누어준다.

우리가 하고자 하는 일에 집중하면 우리는 성공하게 될 것이다. 목표를 달성하면 우리는 더 새롭게 변화한다. 하지 못한다고, 할 수 없다고 생각했던 일들을 해내면 우리도 놀랄 정도로 자신감이 넘치게 된다.

우리는 실수할 때 더 배워야 한다. 실패를 통해 더 강해지고 현명해져야 한다. 완벽해지기 위해 일을 자꾸만 뒤로 미루는 것보다 실수를 극복해나가면서 당장 실천하는 것이 더 중요하다. 실수를 통해 우리는 성숙해지고 사랑하는 마음을 배우게 된다.

앨리스 밀러는 이렇게 말했다.

“자기 자신을 있는 그대로 사랑할 수 없는 사람은 다른 사람을 진정으로 사랑하는 것이 불가능하다. 적어도 자신의 내면을 성찰하며 살아가는 사람에게는 있을 수 없는 일이다. 자기 자신의 진정한 감

정대로 살아가며 자신을 그렇게 받아들일 수 있는 가능성을 처음부
터 가지지 못했다면 어떻게 다른 사람을 진정으로 사랑하는 일이 가
능하겠는가?"

사랑은 우리에게 자신감을 만들어준다. 사랑을 주고받을 수 있는
사람은 진정 행복한 사람이다. 사랑을 베풀 줄 아는 사람은 축복받
은 사람이다.

30
진실한 친구를 사귀어라

자신감이 없는 사람은 스스로 무거운 짐을 혼자 지고 있는 사람과 같다. 무거운 짐을 내려놓을 줄 모르기 때문에 삶이 점점 더 힘들어지고 괴로운 것이다.

자신감이 있는 사람은 짐을 내려놓을 줄도 알고 질 줄도 아는 마음의 여유가 있다. 자신감이 있는 사람들이 세상을 이끌어간다.

프랑스 화가 밀레를 모르는 사람은 없을 것이다. 그러나 밀레도 젊었을 때는 무명이었기 때문에 몹시 가난한 생활을 참고 견뎌야 했다. 형편이 너무 어려워 계속 그림을 그리기에도 힘든 상황이었다.

이름이 전혀 알려지지 않은 터라 그의 그림을 사려는 사람도 없었다.

그러던 어느 날 당시 화단에서 이름을 날리던 친구인 루소가 반가운 소식을 전해주러 왔다.

"여보게, 밀레! 드디어 자네 그림을 사겠다는 사람이 나타났네. 그런데 그 사람이 일이 바빠서 나한테 대신 구매해달라고 했네!"

루소는 작업실에 여기저기 걸려 있는 그림 중에 〈접목하는 농부〉라는 그림을 선택했다. 밀레는 무명인 자신의 그림을 사고자 하는 사람이 있다는 사실에 어안이 벙벙했다. 더군다나 그림 값으로 준 돈은 꽤 고액이었다. 그 돈은 밀레에게는 오아시스 같았다. 덕분에 밀레는 생활이 안정돼 그림에만 몰두할 수 있었다. 그리고 머지않아 사람들로부터 인정을 받게 되었다.

몇 년 후 밀레는 루소의 집을 찾을 기회가 있었다. 그는 그림이 걸려 있는 벽면을 바라보다가 어떤 그림에 시선이 고정돼 꼼짝할 수 없었다. 그 그림은 루소를 통해서 팔려 나간 〈접목하는 농부〉였다. 그 그림은 루소가 밀레를 위해 직접 구입해주었던 것이다.

H. B. 샤르도네는 이렇게 말했다.

"참다운 우정은 애정과 마찬가지로 무척 어려운 것이다. 만약에 평생 변치 않는 우정이 있다고 한다면 그것은 요행이라고밖에 할 수 없다."

샤르도네의 말처럼 우정은 고귀한 것이며, 꾸준히 지키고 한결같기가 참으로 힘든 것이다.

알퐁스 도데가 이렇게 말했다.

"타인을 자신처럼 존경할 수 있고 자기가 하고 싶다고 생각하는 것을 타인에게도 할 수 있다면 그 사람은 참된 사랑을 알고 있는 사람이다. 그리고 세상에는 그 이상 가는 사람은 없다."

남에게 진실한 사랑을 줄 수 있는 사람은 사랑이 충만하고 자신감 있는 사람이다. 남이 주는 사랑을 받을 줄 아는 사람도 사랑이 있고 자신감이 있는 사람이다.

베이컨이 이렇게 말했다.

"참다운 친구를 가질 수 없는 것은 비참하리만큼 고독한 것이다. 친구가 없으면 세상은 삭막한 황무지에 불과하다."

사랑은 우리가 누릴 수 있는 최상의 기쁨과 함께 자신감을 주어 의욕 넘치는 삶을 살게 한다. 사랑을 하는 것보다 더 사람들을 잘 알 수 있는 길은 없을 것이다. 사랑은 권태롭고 지루하게 느끼던 하루하루를 갑자기 생기 넘치게 도와준다. 그토록 길게만 여겨졌던 시간이 순간처럼 느껴지기도 하고, 아주 짧은 기다림이 영원한 시간처럼 멀게만 느껴지기도 한다. 사랑의 힘은 놀라운 것이다.

사랑은 자신감을 만들어준다. 어느 순간 큐피드의 화살이 가슴에

와서 박히고 스스로 이해할 수 없을 만큼 열정에 들뜨면 세상의 누구와도 비교할 수 없는 자기만의 행복한 열병을 앓게 된다. 사랑을 받는 사람은 자신감이 생기고 삶에 활기가 넘친다.

사랑은 모든 것을 가능하게 하는 힘을 가지고 있다. 지금 사랑하는 사람은 행복하다. 지금 사랑하고 있는 사람은 자신감 있게 원하는 일을 해나가야 한다.

『채근담』에 이런 글귀가 있다.

"뜻대로 안 된다고 너무 근심하지 마라. 마음이 유쾌하다고 해서 너무 기뻐하지도 마라. 오랫동안 무사하다고 너무 믿지 말 것이며 처음 맡는 어려움을 꺼리지도 마라. 첫 번째 난관만 돌파하면 그 다음은 오히려 쉬워진다."

화가에게 있어서 작품이 팔린다는 것은 대단한 기쁨이다. 자신의 작품이 인정을 받는 것이기 때문이다. 이 힘은 더 훌륭한 작품을 그리게 하는 동기와 자신감을 가져다준다.

꿈이 많은 젊은 시절에 현실과 이상 사이에서 갈등을 느끼지 않는 사람은 없을 것이다. 이상은 얼마든지 높고 푸르지만 현실은 냉혹하다. 돈, 지위, 사랑, 명예와 같은 다양한 욕구가 마음먹은 대로 쉽게 이루어지지 않는다. 그래서 청춘은 좌절도 많이 하고 힘겨운 소리를 내며 울부짖기도 하는 시기인 것이다.

우리의 삶은 버겁고 벅찰 때가 많다. 그러나 아무리 힘들어도 때때로 오아시스를 만나는 일이 있다. 고통을 씻어주고 감미로운 위안을 주는 그것은 바로 '사랑'이다.

사랑은 누구에게 소유될 수도 없고 누구를 소유할 수도 없다. 상대방을 바르게 인식하는 바탕 위에서 서로 조화롭게 어울리는 사랑이야말로 세상의 모든 사람이 바라는 가장 이상적인 사랑일 것이다.

행동은 우리의 삶을 만든다. 우리에게는 자신감이 필요하다. 아무리 좋은 생각이 있어도 실천하지 않으면 결실을 얻지 못한다. 자신감을 갖고 행동해라. 그러면 진정 자신이 원하는 것을 얻을 수 있다.

31
관심을 갖고 대화를 시작해라

우리의 삶은 이야기들이 만들어가는 바다다. 누구나 이 바다 위에 '행복'이라는 배를, '희망'이라는 배를, '성공'이라는 배를 띄우고 '소원'의 항구를 향해 떠나고 싶어 한다. 우리는 대화를 통해서 자신의 마음을 전달하고 상대의 말을 정확하게 이해해야 한다.

모든 대화는 관심에서 시작한다. 관심이 없으면 대화도 나눌 수 없고 아무런 변화도 일어나지 않는다.

조지 버나드 쇼가 이런 말을 했다.

"최악의 범죄는 다른 사람을 증오하는 것이 아니라 그에 대해 무관심한 것이다."

무관심한 사람은 따뜻한 대화를 나눌 줄 모른다. 상대방에 대해서 무관심한 사람과는 대화를 나눌 수가 없다. 상대방에게 관심 없는 사람들은 누구와도 대화를 나누기를 싫어하고, 자신의 마음도 솔직하게 털어놓지 않는다.

관심을 받고 싶으면 다른 사람에게 먼저 관심을 갖고 다가가야 한다. 그렇게 할 때 삶에 가득한 풍요로움을 느낄 수 있다.

아무리 주위에 사람들이 많다고 해도 서로가 아무런 관심 없이 살아간다면 무인도에서 혼자 살고 있는 것과 같을 것이다.

관심을 갖는다는 것은 사람의 마음을 읽어주는 것이다. 다른 사람이 자신의 마음을 알아줄 때 우리는 행복을 느낀다. 겉으로 드러나는 것보다 내면을 들여다보고 이야기를 나눌 때 진실한 대화가 이루어진다. 우리는 겉모습에 가려진 내면을 볼 줄 알아야 한다. 관심은 마음에 청진기를 대고 들여다보는 것과 같다. '사랑'의 반대말은 '증오'가 아니라 '무관심'이라는 말이 있다.

현대사회를 가리켜 무감동, 무의식, 무책임한 시대라고 말한다. 사람들 사이에 그만큼 거리와 간격이 있다는 것이다. 모든 일은 인간관계 속에서 이루어진다. 그러므로 우리는 상대방에게 관심을 갖고 대화를 시작해야 한다.

영화 〈이보다 더 좋을 순 없다〉에서 여자 주인공이 남자 주인공에게 자신을 칭찬하는 말을 해달라고 부탁한다. 그러자 남자가 말한다.

"당신과의 만남이 나를 더 좋은 남자가 되게 만들었소!"

이 말을 들은 여자는 자신의 삶에서 최고의 칭찬으로 받아들이며 행복해한다.

관심을 갖고 따뜻하게 건네주는 한마디의 말은 마음의 온도를 높여주며 삶을 행복하게 만들어준다. 한마디의 말이 행복과 불행을 만들 수 있고, 삶과 죽음으로 갈라놓을 수 있다.

말 속에 우리의 모든 것이 다 들어 있다. 우리에게 날마다 필요한 것은 건강, 에너지, 삶에 대한 열정, 심리적 안정, 마음의 평화다. 이 모든 것이 우리가 표현하는 언어에서 비롯된다. 우리는 대화를 흥미롭게 이끌어야 한다. 그래야 대화가 즐거워진다.

대화를 나눌 때 기본적인 마음의 자세는 어떠해야 하는가? 생각나는 대로 즉흥적으로 말하면 된다는 사고방식을 과감하게 떨쳐버려야 한다.

대화란 사람과 사람이 서로 마주하고 이야기하는 것이다. 따라서 사람과 사람이 어떤 모습으로 어떻게 만나느냐가 중요하다. 상대방과의 만남이 소중하다면 마음을 열고 뜻깊은 대화를 나누어야 한다.

대화를 나눌 때의 마음가짐

1. 스스로 나서서 말하는 자세를 가져라.

2. 호의적인 태도로 상대방을 대해라.

3. 상대방의 장점을 찾아라.

4. 상대방을 인정하고 받아들여라.

5. 선입견을 갖고 상대방을 보지 마라.

6. 상대방의 마음을 읽어라.

7. 긍정적인 마음가짐을 가져라.

대화를 나눌 때는 마음 자세가 중요하다. 마음에 따라 말할 때의 얼굴 표정도 달라지기 때문이다. 우리는 대화가 잘 통하는 사람과 만나기를 원한다. 사랑을 할 때도 마찬가지다. 남자와 여자가 만나 결혼할 때도 대화가 통하는 사람을 원한다. 사랑을 나누는 연인들을 보면 대화를 나누면서 사랑을 속삭인다. 그들은 그들의 사랑의 속삭임이 평생토록 지속되기를 원할 것이다. 우리는 사랑하는 사람과 동행하는 기쁨 속에 대화를 나누어야 한다.

서로에 대해 무관심하면 힘든 삶을 살아갈 수밖에 없다. 살면서 서로 마음을 나눌 수 있는 사람이 없다는 것은 참으로 불행한 일이다. 관심 없는 말은 듣는 사람은 물론 그런 말을 하는 사람도 피곤하고 지루할 뿐만 아니라 서로에게 상처를 주게 된다. 대화를 나눌 때는 흥미가 넘쳐야 하고 재미도 있어야 하고 헤어져도 다시 만나고 싶은 여운을 남겨야 한다.

왜 사랑하는가? 왜 사람이 만나고 싶어지는가? 왜 가족이 좋은가? 왜 친구와 함께하기를 좋아하는가? 모두가 마음을 터놓고 대화를 나눌 수 있기 때문에 그렇다.

대화의 열기는 모든 것을 새롭게 만들어준다. 관심을 가지고 나누는 따뜻한 대화는 사람의 마음을 넓혀준다.

사람들과의 만남에서 필요한 접촉점은 바로 관심과 성의가 있는 진실한 대화다. 이 접촉점을 찾는다는 것은 그다지 어려운 일이 아니다. 상대방이 지금 무슨 일을 하고 있는지, 무엇을 생각하는지, 무엇을 원하고 있는지 관심을 가지고 있다가 그것을 화제로 삼아 이야기를 나누면 된다. 내가 관심을 보이면 상대방도 관심을 보이게 되어 있다.

체스터턴은 이런 말을 했다.

"지구 상에 재미없는 소재는 없다. 다만 재미를 느끼지 못하는 사람이 있을 뿐이다."

무관심은 삶에 흥미를 느끼지 못하거나 보람을 느끼지 못할 때 나타난다. 마음의 문을 활짝 열고 대화를 시작해봐라. 관심과 사랑을 갖고 이야기하면 우리의 마음도 행복해지지만 가족, 친구, 직장 동료 모두가 한결 가까워짐을 느끼게 될 것이다. 관심을 갖고 모두를 대하면 주변에 사람이 많아질 것이다. 대화를 나누다 보면 삶에 활력이 생기고 기쁨이 생긴다. 주저하지 말고 먼저 대화를 시작해라.

대화를 나누며 보이는 부드러운 미소는 상대방의 마음을 편하고 따뜻하게 해준다. 관심 있는 말 한마디가 얼마나 놀라운 힘을 발휘하는가를 알게 된다. 누군가 먼저 말을 시키기를 바라지 말고 내가 먼저 관심을 보이고 말을 시작해야 한다. 그러면 삶이 달라지기 시작할 것이다. 사람은 자신의 마음을 말로 표현할 때, 힘 있게 살아갈 수 있다.

말의 힘은 대단하다. 말로 인해 삶이 바뀔 수도 있다. 우리는 우리가 나누는 말을 대단하게 생각하지 않을 때가 많다. 일상 속에서 나누는 말이 참으로 소중한데도 그냥 아무렇게나 내뱉는 경우가 많다. 우리는 필요한 물건을 고를 때 신경을 쓰는 것만큼 말하는 것에 신경을 쓰지 않는다.

대화를 나눌 때 하고자 하는 말을 바르게 표현해야 대화의 효과를 높일 수가 있다. 대화를 나눌 때는 늘 차분한 마음을 갖는 것이 좋다. 너무 말을 빨리 하다가 실수하게 되면 상대방의 기분을 상하게 하거나 오해를 살 수도 있다.

　말을 할 때는 속도를 조금 늦춰 여유를 갖고 요점을 강조하는 것이 좋다. 말의 속도를 적절하게 조절하면 듣는 사람에게 자신감을 보여줄 수 있으며 인간관계도 좋아진다. 말의 속도를 늦추면 듣는 사람에게 깊이 생각할 수 있는 여유를 줄 수 있다. 대화를 나누다가 상대방이 잘 이해하지 못하는 것 같으면 말의 속도를 늦추고 이해할 시간을 주어야 한다.

대화를 잘하기 위한 방법

1. 대화의 목적이나 내용을 분명하게 정리한 후 대화를 시작해라.
2. 솔직하게 대화해라.
3. 격의 없는 분위기 속에서 상대방이 관심을 갖고 있는 화제부터 꺼내라.
4. 선입견이나 편견을 버려라.
5. 상대방이 오해하거나 착각하지 않도록 명확하고 구체적으로 알기 쉽게 이야기해라.
6. 상대방의 의견을 귀담아듣고 그의 감정이나 희망사항도 이해해 줘라.

7. 말뿐만 아니라 태도에도 신경을 써라.

8. 중요한 점은 거듭 강조해서 확인을 받아라.

9. 다양한 화제를 준비하여 밝고 즐겁게 이야기해라.

10. 대화의 밀도를 높여 이론과 행동이 있는 이야기를 해라.

32
쌓아놓은 불만을 쏟아내지 마라

다른 사람을 존경해야 자기도 존경을 받을 수 있다. __랠프 월도 에머슨

불만은 마음이 안정되지 못하고 정상이 아닐 때 생기는 것이다. 때때로 바다에 평안이 사라지고 험한 파도가 몰아치듯이 감정에도 심한 변화가 일어나는 것이다.

불만은 우리의 삶에 일그러진 자화상을 만들어놓는다. 매사에 불만을 털어놓는 사람들은 자신의 일에 대한 책임을 잘 감당하지 못한다. 인간관계도 좋지 못하고 주위 사람들도 점점 멀어져 간다.

늘 불만 가득한 모습은 아름답지 않다. 불만은 남을 불신하고 자신조차 불신하는 마음에서 비롯된다. 불만은 자신이 남보다 못하다

는 열등감에서 생기는 것이다. 자신에게도 분명 재능과 능력이 있는데도 열등감에 빠지면 불만이 가득 차게 된다.

헤밍웨이는 "실패하는 대부분의 원인은 자기 불신에서 비롯된다"라고 말했다. 성공하려면 자신의 삶에 확신이 필요하다. 불만은 작고 사소한 것에서 시작된다. 자신이 잘 받아들이지 못하고 이해하지 못하는 것에서 시작되어 큰 문제가 발생하는 것이다. 불만을 없애려면 넓은 마음이 필요하다.

시냇물에서는 큰 물고기가 살 수 없다. 모든 물을 다 받아들이는 넉넉한 바다라야 큰 물고기가 살 수 있다. 우리의 마음도 넉넉하여 모든 것을 다 받아들일 수 있을 때, 불만보다는 사랑의 마음이 가득해 남의 아픔과 상처까지 감싸줄 수 있게 된다. 성공하고자 하면 마음을 넓게 가져야 한다. 마음이 넓어야 속깊은 대화를 나눌 수 있다.

화를 내고 따지고 싶을 때에도 의연한 태도로 상대방에게 관심을 갖고 있다는 것을 분명하게 보여주고 감정이 상하지 않게 해야 한다. 우리는 쉽게 불만을 쏟아내고 핑계를 대는 버릇부터 없애야 한다.

불만스러운 어조는 상대방의 기분을 상하게 만들고 상처를 주기도 한다. 불만을 자주 표출하는 것은 대인 관계에 있어서 커다란 약점이 된다. 보다 긍정적인 사고로 세상을 넓게 보는 자세가 필요하다.

또한 불만으로 푸념을 일삼는 버릇도 없애야 한다. 불만은 자신의 책임을 회피하려는 행동에서 나온다. 마음을 열고 상대방의 마음을 읽으면서 대화를 나누어야 한다. 그리고 자기 스스로 자신의 말에 책임을 질 줄 알아야 한다.

불만 가득한 부정적인 사고는 곧 실패를 초래한다. 실패한 사람은 늘 남을 원망하고 후회만 한다. 자기 혼자 행복하려고 하면 더 불행해지고 남을 행복하게 만들어주려고 하면 더욱 행복하게 된다.

말은 쏘아놓은 화살과 같아서 막대기나 돌보다 더 깊은 상처를 준다. 우리의 고통과 슬픔은 말에서 비롯될 때가 많다.

우리는 말의 중요성을 깨달아야 한다. 말을 함부로 하는 것은 다른 사람을 언어로 학대하는 것이며, 자신 스스로 언어의 감옥에 갇히는 것이다. 부주의한 말 한마디는 가정을 파괴하고, 돈독한 우정을 깨뜨리고, 신용을 잃게 만든다.

우리의 언어 생활은 변화되어야 한다. 말은 우리의 삶을 변화시키는 능력이 있다. 우리의 언어라는 밭에 싹이 트고 탐스런 열매가 익어야 한다.

미국의 한 여성 평화 운동가가 이런 말을 했다.

"문젯거리들은 배움과 성장의 기회를 주는 경험들이 된다."

불만이 될 만한 문제가 생기면 그것들을 도리어 좋은 성장의 기회로 삼아야 한다. 불만만 품고 있으면 자기 스스로 괴로움이라는 감옥에 들어앉아 있는 것과 같다. 불만은 불덩이를 가슴에 안고 살아가는 것이다.

불만은 자신에게 무엇인가 부족하다는 생각에서 나온다. 불안감에 사로잡혀 긴장을 잘하는 사람은 소극적인 생각을 하게 되고 소극적인 생각은 불만을 만든다. 불만을 다 쏟아놓고 나면 자신만 외롭고 쓸쓸하게 된다. 불만만 늘어놓는 사람을 좋아할 사람은 단 한 사람도 없다. 누구든지 따뜻한 사람, 편안한 사람과 이야기하길 좋아하고 그런 사람들과 마음을 나누고 싶어 한다.

로마의 철학자 마르쿠스 아우렐리우스는 이렇게 말했다.

"그대에게 없는 것보다 그대가 갖고 있는 것들을 생각해라. 그대가 갖고 있는 것들 중에서 가장 좋은 것들을 골라 곰곰이 생각해봐라. 얼마나 열심히 그대가 그것들을 추구했는지를. 그리고 만일 그대에게 그것들이 없었다면 어떻게 되었을까를 생각해봐라."

우리 모두는 단점보다 장점이 훨씬 많다. 우리 주변에도 나쁜 사람보다는 선하고 착한 사람들이 더 많다. 그래서 이 세상은 살아갈 만한 가치가 있는 것이다.

대화를 나눌 때 불만을 늘어놓기보다는 긍정적인 생각을 가지고 대화의 문을 열어가면 그만큼 골칫거리도 사라지게 된다. 우리는 부정적인 감정의 노예가 되어 살아서는 안 된다.

　불만은 마음에 담아놓기에는 너무 무거운 짐이다. 불만은 삶을 무기력하게 만들고 사랑하는 마음마저 빼앗아 가버린다.

　랠프 월도 에머슨은 "그대가 화가 나 있는 1분마다 60초간의 행복을 잃는다"라고 말했다.

　불만을 갖고 그것을 자주 표현하면 그만큼 우리는 행복을 잃게 된다. 불만은 또 다른 불만을 낳는다. 또한 불만은 마음의 여유를 빼앗아 가며 서로에게 상처를 준다. 그러므로 사랑으로 가득한 삶을 만들어가야 한다.

　불만이 가득한 태도로 말하기보다는 상대방에게 친절하고 각별한 태도로 말을 하면 사람들에게 좋은 인상을 심어주게 될 것이다.

　매턴은 시 「행복으로 가는 길」에서 이렇게 말하고 있다.

　"가슴속에 증오심을 갖지 말고 마음속에 걱정을 갖지 마라. 검소하게 생활하며 기대는 적게 하고 많이 베풀어라. 그대의 인생을 사랑으로 채워라. 자신을 잊어버리고 남을 생각해라. 남들이 그대가 해주기를 바라는 대로 남들을 대해라."

33
자신감을 갖고 마음의 통로를 열어라

자신감은 성공의 최고 비결이다. __랠프 월도 에머슨

대화의 목적은 무엇인가? 그것은 좋은 인간관계를 맺기 위한 것이다. 그러므로 자신감을 갖고 자신을 표현하는 것이 무엇보다도 중요하다. 가장 확실히 자신을 표현할 수 있는 것은 '말'이다. 그 사람이 어떤 말을 했느냐에 따라 주변 사람들의 태도가 달라진다. 대화를 나눌 때는 자신감을 갖고 마음의 통로를 활짝 열어야 한다. 마음의 통로로 진실한 대화가 마음껏 오고 가게 해야 한다.

삶에 자신감이 있는 사람은 얼굴 표정도 밝고 활기차고 언어 표현도 분명하다. 그런 사람이 있는 곳에는 언제나 웃음이 넘치고 활력이 있다.

남 앞에서 말을 한다는 것이 쉬운 일은 아니다. 수많은 명연설가도 과거에는 말도 잘 못하고 남들 앞에 서기도 두려워했다고 한다. 우리는 자신감을 갖고 마음의 통로를 열어야 한다.

자신감이 없으면 긴장하게 되고 스트레스가 쌓일 수 있다. 그러나 긴장을 풀고 자신의 있는 모습을 거짓 없이 진솔하게 표현한다면 도리어 가장 쉽게 공감을 얻을 수 있고 인간관계도 좋아질 것이다.

진실은 어디서나 마음의 통로를 활짝 열어준다. 자신감 있게 말하면 표정과 태도뿐만 아니라 목소리까지 밝아져 즐거운 분위기를 만들 수 있다.

영국의 정치가 디즈레일리는 "성공의 비결은 단호한 결의에 있다"라고 말했다. 자신감이 없는 사람은 비전이 분명하지 않다. 자신감은 우리 삶의 모든 틀을 튼튼하게 만들어준다. 튼튼한 삶의 틀은 자신이 꿈꾸던 그 어떤 것도 세워나갈 수 있는 기반이 된다.

자신감을 갖는 전략 – 잭 캔필드

1. 늘 자신이 잘한 일을 생각해라.

2. 의지와 힘을 주는 책을 읽어라.

3. 항상 누리고 있는 혜택들에 감사해라.

4. 주위에 자신만의 기반을 구축해라.

5. 단기간에 목적을 달성하는 데 주력해라.

6. 매일 자신을 위해 투자해라.

자신감을 가지고 살아간다는 것은 많은 것을 소유하고 있다는 뜻이 아니다. 부족함이 있더라도 남에게 베풀어주고 남에게 나누어줄 때 자신감이 생긴다. 남에게 도움이 되는 삶을 살아가는 것이다. 그러므로 따뜻한 말, 바른 말은 성공을 이루는 삶의 기초가 된다.

위대한 음악가인 엘가는 그의 수제자인 젊은 소프라노 가수의 음색과 훌륭한 기술을 늘 자랑스럽게 생각하고 있었다. 한번은 그 제자가 연주회를 열게 되었는데 그만 중요한 대목에서 큰 실수를 하고 말았다. 그때의 실수를 안타깝게 여기며 슬퍼하는 젊은 가수에게 엘가는 이렇게 말했다.

"애야, 낙심하지 마라! 네 마음을 상하게 한 이것이 바로 너를 위대하게 만드는 계기가 될 것이다."

그 후 그녀는 여러 가지 힘든 일을 겪은 후에도 다시 일어나 훌륭한 음악가가 되었다.

우리는 자신뿐만 아니라 주변 사람에게도 자신감을 불러일으켜

줄 수 있는 사람이 되어야 한다.

걱정은 자신감을 잃게 한다. 또한 힘과 능력을 잃게도 만든다. 그러므로 걱정과 근심을 평안의 바다에 떨쳐버려야 한다. 우리는 자신감을 갖고 마음속에 우리가 성공한 모습을 그려봐야 한다. 자신의 능력에 대해 부정적인 생각이 떠오르거든 그것을 쫓아내기 위해 자신 있게 생각을 말할 수 있어야 한다. 우리는 우리가 하고자 하는 일을 이해하고 힘이 되어줄 수 있는 사람들과 대화를 나누어야 한다. 또한 힘 있고 바른 대화를 통해 자신감을 만들어가야 한다.

지나간 과거에 연연하지 마라. 현재의 모습이 중요하다. 물론 지난 세월에 충실해야 현재가 아름답다. 그러나 현재가 부족하다고 지나간 과거에 미련을 갖고 살아서는 안 된다.

자신감은 기회를 불러온다. 또한 자신감으로 역경을 극복할 수 있고 새로운 변화를 일으킬 수도 있다.

일이 늘 성공하리라는 법은 없다. 실패할 수도 있는 것이다. 무엇보다 중요한 것은 실패를 딛고 일어서는 것이다. 실패는 성공을 만들어주는 계단이다. 어둠이 있기에 빛이 더 밝게 빛나는 것처럼 실패가 있기에 성공이 더 빛을 발하는 것이다.

자신의 생각을 보다 자신 있게 말할 줄 알아야 한다. 자신 있게 표현하면 삶이 달라지고 주변 사람들과 친밀감이 형성된다.

매사에 자신감이 없는 사람은 방어적이다. 또한 외골수가 되어 사람들을 두려워하고 경계한다. 인간은 사회적 동물이기 때문에 혼자서는 살아갈 수 없다. 좋은 인간관계를 맺음으로써 자신의 존재 가치가 있게 된다.

인간관계의 기초는 대화에서 비롯된다. 그러므로 자신감을 갖고 유익한 대화를 나누어야 한다. 깊이 있는 대화를 나누면 서로 친밀한 관계가 이루어지고 삶에 여유도 생긴다.

미국의 철학자이자 교육학자인 존 듀이의 90세 생일잔치에서 젊은 의사가 질문을 했다.

"좋은 일을 많이 하시고 이제 90세가 되셨는데 앞으로 무엇을 하실 생각입니까?"

그러자 존 듀이는 웃으면서 대답했다.

"산맥은 깊습니다. 산 하나를 넘으면 또 다른 산이 보입니다. 나는 여전히 새로운 산을 향해 도전할 것입니다. 만일 바라볼 높은 봉우리가 보이지 않으면 내 인생은 끝난 것입니다."

목적이 분명한 삶은 멋진 삶이다. 한 걸음 한 걸음 다가갈 때마다 눈앞에 자신이 원하는 것들이 보이면 감동하지 않을 수 없다. 삶에 비전이 뿌리내리려면 자신감이 필요하다.

자신감 있게 말하고 행동하면 삶에 굳은 확신을 가질 수 있다. 우리는 사람들과 더불어 살며 세상을 움직인다. 자신감은 가능성을 만들고, 가능성은 꿈과 희망을 눈에 보이게 한다.

자신의 일에 자신감이 있고 확신이 있다면 삶을 윤택하게 만들어 갈 수 있다. 성공한 사람들은 말하는 것을 통해 자신을 분명하게 표현한다.

자신감은 사랑의 언어, 능력의 언어를 만든다. 사랑이 없으면 고통과 고난을 예방할 수 없다. 오직 사랑만이 기적을 이룰 수 있다. 자신감은 사랑을 만들고 사랑을 베풀 수 있게 해준다. 우리는 바로 이 사랑의 주인공이 되기 위해 자신 있게 대화를 나누어야 한다.

무슨 일에서나 자기중심적인 독불장군이 되어서는 안 되지만 자신감을 갖는 것은 매우 중요하다. 자신의 역량에 대해 의심이 생기고 소극적인 생각이 들면 언제든지 그것을 해소하기 위해 적극적인 생각을 해야 한다. 그리고 그것을 자신 있게 표현해라.

34
실수는 넓은 마음으로
용서해라

살면서 실수하지 않는 사람은 없다. 만약에 자신은 실수한 적이 전혀 없다고 말하는 사람이 있다면 그 말 자체가 실수이고, 자신이 저지른 실수를 인정하지 않는 사람이므로 실수한 것보다 더 나쁘다. 우리는 늘 실수를 반복하며 시행착오를 겪는다. 이 세상에 용서받지 못할 죄는 없다고 한다.

우리는 남의 실수를 지적하기 전에 자신의 삶을 돌아볼 줄 알아야 한다. 남에게 자주 화를 내는 이유는 자신의 권리를 침해받고 있다고 느끼기 때문이다. 누군가가 실수했을 때 필요한 것은 위로와 격려와 감싸줄 수 있는 사랑의 말이다.

우리의 삶은 그림판과 같다. 우리는 말로써 자신의 삶을 그려간다. 그 그림을 엉망으로 그리는 사람도 있겠지만, 최고의 명작으로 그리는 사람도 많다.

인생이라는 그림은 한순간에 그려지는 것이 아니라, 평생에 걸쳐 조금씩 그려가는 것이다.

우리는 누구나 용서받은 사람들이다. 우리가 용서를 받을 때, 용서를 할 때 우리의 마음은 순수해진다. 묶어두었던 모든 매듭을 풀어버려야 한다. 좁은 마음으로 닫아두었던 모든 문을 용서로 열어야 한다. 용서를 받고 용서를 하고 나면 우리의 삶이 새로워진다. 눈과 같이 깨끗한 사랑을 나눌 수 있으며 삶에 의미가 생기고 행복해진다.

자신의 잘못은 생각하지 않고 남을 탓하는 마음은 교만에서 시작한다. 교만이란 자기를 높이려 하는 것이다. 즉, 지나친 자만심의 발로다. 교만은 다툼을 일으킬 뿐이다.

우리는 때때로 실수할 수도 있다. 이런 사실을 잊고 너무 완벽을 추구하면 자신의 잘못을 스스로 용서하지 못하게 된다. 두고두고 후회하면서 자기 자신을 괴롭히게 된다. 자학하는 나쁜 습관을 지니게 되는 것이다. 그로 인해 평화로운 마음을 가질 수 없다. 실수를 인정하자는 것은 자신의 일에 최선을 다하지 말자는 것이 아니라 내가 성취한 다른 수많은 일에 대한 정당한 평가를 내리자는 것이다. 한 두 번 실수했다고 해서 무지하거나 무능하다는 의미는 아니다.

심리학에 있어서 실수는 단순한 우연으로 생기는 것이 아니라 반드시 그 원인이 있다고 한다. 원하지 않는 일을 한다든지 근심이나 걱정 등으로 정신이 혼란한 상태에서는 실수를 더 많이 하는데, 이것들이 바로 심리적인 원인 때문이다. 실수는 자신의 현재 심리 상태를 돌아보고 정신을 차리라는 마음의 신호다. 일상에서 일어나는 사소한 실수들로 인해 괴로워하거나 자학하기보다는 좀 더 자신을 발전시키는 하나의 자극제로 받아들여야 한다.

우리는 잘못했을 때 저지른 행동에 대해 진심으로 사과해야 한다. "미안하다"라는 말은 자존심을 버리는 말이 아니라, 상대방에게 이해받을 수 있는 기회를 만드는 말이다. 진정으로 미안해하지 않으면 실수를 반복할 수 있다. 그것은 상대방에게 고통을 주고 슬프게 만드는 것이다. 그러나 진정으로 뉘우치면 대화 속에 신뢰를 찾을 수 있다. 잘못한 대로 그냥 내버려 두면 더 큰 잘못을 저지를 수 있지만 잘못을 시인하면 그 시점에서 잘못을 멈추고 반성할 수 있고 이겨낼 수 있다. 실수를 시인하지 않고 반복하면 스스로 패배자가 되는 것이다.

남을 미워하고 용서하지 못하는 악의 언어는 독약과 같다. 그런 말은 사람을 주눅 들게 만들고 자신감을 잃게 하고 실수를 연발하게 한다. 그러나 따뜻한 말 한마디는 삶에 여유를 주고 불안감에서 벗어나게 해준다. 이렇듯 말 한마디가 삶 전체를 새롭게 변화시켜준다.

독사에게는 독침과 같은 역할을 하는 송곳니가 있다. 독사는 이 송곳니를 통해서 적의 몸에 치명적인 독을 심어 극심한 통증을 느끼게 한다. 독이 퍼지면 죽음에 이를 수 있다. 하지만 입에서 독을 내뿜는 동물은 뱀만이 아니다. 사람들이 조심하지 않고 내뱉는 말도 위험한 독침이 된다. 거짓말과 남을 해하는 소문은 뱀의 독보다도 더 치명적이다. 우리는 우리의 입을 생명의 언어를 표현하는 데 사용해야 한다.

영국의 웰링턴 제독이 상습적으로 탈영을 시도하는 부하에게 사형 선고를 내리기 직전 이렇게 말했다.

"나는 너를 변화시키기 위해 교육도 시켜보고 상담도 해보았다. 처벌도 하고 채찍으로 때려도 보았다. 그런데 너는 반성하지 않고 전혀 변하지 않았다. 별수 없이 너는 죽어야 한다."

이때 지혜로운 부하 한 사람이 이렇게 말했다.

"각하! 각하께서는 아직 이 병사에게 시도하지 않은 것이 한 가지 있습니다."

웰링턴 제독은 그것이 무엇인지 물었다.

“각하는 이 사람을 용서해보신 적이 없습니다.”

웰링턴 제독은 그의 충고를 받아들여 그 사람을 믿고 무조건 용서해주었다. 그 뒤 탈영병이었던 그 부하는 충성스런 군인이 되었다.

사랑에서 나오는 용서만이 사람을 변화시킨다. 우리는 다른 사람의 잘못은 잘 지적하면서도 자신의 잘못은 쉽게 넘기는 경우가 많다. 자신의 잘못이나 부족함에 대해서 솔직하지 못할 때가 많다. 하지만 우리는 모두가 똑같은 부족함과 결점을 가지고 있다는 것을 인정하고 자신과 다른 사람들을 있는 그대로 받아들여야 한다. 우리의 눈과 마음이 잘못을 먼저 찾기보다는 잘한 것을 찾도록 하는 것이 더 행복해지는 길이다.

조지 맥도널드는 이렇게 말했다.

“용서할 줄 모르는 것은 살인과는 비교할 수 없을 정도로 나쁘다. 살인은 순간적인 충동일 수 있지만 용서할 줄 모르는 것은 냉정하고 고의적인 마음의 선택이기 때문이다.”

셰익스피어는 “남의 상처를 보고 웃는 사람은 상처의 아픔을 모르는 사람이다”라고 말했다. 남의 실수를 지적하며 화를 낼 때는 타당한 이유가 있는지 분명하게 살펴야 한다.

화가 날 때는 무언가에 빠져 몰두하는 것이 좋다. 그러면 도리어 활기차고 멋진 삶을 살게 될 것이다. 화를 참고 다른 사람의 의견을 수용하여 문제를 해결하는 능력은 누구에게나 좋은 인상을 심어준다.

남의 실수를 이해하는 넓은 마음은 스스로 만드는 것이다. 따뜻한 말 한마디로 누군가가 행복해진다면 얼마나 좋은 일인가? 선한 말 한마디가 이 세상 모든 사람의 마음에 행복이라는 불을 밝힐 것이다. 행복을 나누는 언어로 그 불을 우리가 밝혀야 한다.

35
행복한 마음을 표현해라

에리히 프롬은 "기쁨이란, 인간이 성취해낸 최대의 수확이다. 그것은 자신과 외부 세계에 긍정적으로 적응을 하기 위한 순수한 인성 반응이다"라고 말했다.

우리는 단 한 번뿐인 소중한 삶을 살아가고 있다. 우리에게 허락된 시간은 한번 지나가면 다시는 돌아오지 않는다.

삶에는 두 가지 길이 있다. 행복의 길과 불행의 길이다. 우리는 자신이 살아갈 길을 바르게 선택해야 한다. 우리의 마음은 빈 공간과 같아서 그곳에 무엇을 채우느냐에 따라 달라진다. 우리의 마음에 행복을 채우면 우리가 쓰는 언어는 행복한 사랑의 언어가 될 것이고 이는 곧 행복한 삶을 향한 길이다.

사람은 자기가 말한 대로 산다고 한다. 행복하게 살고 싶다면 날마다 행복한 말을 하며 살아야 한다. "나는 행복했었지", "나는 행복할 거야"가 아니라 "나는 지금 행복하다"라는 말을 해야 한다.

친절과 사랑은 따뜻한 말로 시작된다. 우리는 받은 만큼 다른 사람에게 돌려주고 싶어 한다. 그래서 사람들은 자기가 받은 친절을 늘 가슴에 담아놓는다. 늘 선한 말을 하면 간절하게 도움을 청하고 싶을 때 뜻하지 않은 도움을 받게 될 수가 있다. 따뜻한 말 한마디, 다정한 인사, 작은 친절이 사람들의 마음을 열어주는 것이다.

행복하기 위해서는 주변 사람들과 원만한 관계를 맺어야 한다. 행복은 관계를 통해 오는 만족이다. 인간관계 속에서 고민이나 갈등 없이 만족과 평안과 감사가 넘칠 때 비로소 행복을 느끼게 되는 것이다.

행복은 스스로 만들어가는 것이지 저절로 만들어지는 것이 아니다. 아름다운 것일수록 그것을 만들기 위해 애쓰는 사람들이 많다. 우리는 말과 행동이 행복한 곳을 향하도록 해야 한다.

우리는 오늘을 행복하게 살아야 한다. 가족과 친구와 직장 동료들과 반갑게 인사를 주고받으며 "오늘 참 밝아 보이네요!", "같이 일할 수 있어서 좋습니다!”와 같이 마음을 따뜻하게 하는 말을 한다면 일하는 분위기도 한결 좋아질 것이다.

아침에 일어날 때 남편이 아내의 귀에 대고 작은 목소리로 “여보, 자고 일어나니 더 예뻐졌네!”라고 말하면 아내는 기분 좋게 하루를 시작할 것이다. 자녀들에게도 “아빠 엄마가 너희를 얼마나 사랑하는지 알지?”라고 말하며 어깨를 두드려주면 아이들은 행복해할 것이다.

사랑을 표현하는 말 한마디는 커다란 행복을 가져다준다.

행복한 삶을 살아가려면 마음이 너그러워야 한다. 자기 자신과 남을 대하는 태도와 말이 여유 있는 마음속에서 이루어져야 한다.

우리는 자신의 삶에 대해서 자부심을 가질 때 행복하다. 다른 사람들의 평가에 따라 삶의 모습을 때때로 바꾸려고 하는 모습은 아름답지 않다. 자신의 삶에 대해 만족할 줄 알아야 한다. 그럴 때 마음에 여유가 생기고 행복한 언어를 표현할 수 있다.

또한 무슨 일을 하든지 최선을 다하고 만족할 줄 알아야 한다. 후회란 실수에서 오는 것이 아니라 최선을 다하지 않는 데서 온다. 지나치게 결과에 연연하지 말고 자신이 할 수 있는 만큼 최선을 다해야 한다.

또한 명랑하고 기쁘게 생활해야 한다. 때때로 힘든 일이 생길 수 있지만 밝게 살아야 한다. 헛된 욕망을 버리면 기쁨 가득한 삶을 살 수 있다.

데일 카네기는 이런 말을 했다.

"상황이 혼자서 우리를 행복하게 하거나 불행하게 만들지는 않는다. 상황이 우리에게 어떻게 반응하느냐가 아니라 우리가 상황에 어떻게 반응하느냐가 우리의 감정을 결정한다."

한 선비가 어두운 방에 들어가면서 불평하며 말했다.

"아니, 이 방은 왜 이렇게 어두운가?"

이 말을 듣고 다른 선비가 말했다.

"어둡다고 불평하지 말게나! 방에 촛불을 켜놓으면 환해질 게 아닌가?"

먼저 남을 탓하기 전에 자기 스스로 바르게 행동해야 한다. 우리가 다른 사람들에게 좋은 인상을 줄 때 행복한 언어를 주고받을 수 있다. 좋은 인상을 주는 사람은 마음이 고운 사람이다.

풀턴 J. 쉰은 이렇게 말했다.

"내면의 불행을 일으키는 첫 번째 원인은 자기중심주의 또는 이기심이다. 자만심이 가득 차서 스스로 위대한 인물임을 자처하는 사람은 자기 자신의 무가치함을 고스란히 드러낼 뿐이다. 자만심은 실제의 자기 모습을 허위의 다른 모습으로 보여주려고 하는 시도에 불과하다. 우리는 우리가 마음먹은 만큼 행복할 수 있다. 우리는 삶에 기쁨을 만들어가며 행복할 수 있어야 한다. 사는 동안 행복을 만드는 언어를 자주 사용해야 한다."

우리는 스스로 행복한 삶을 만들어가야 한다. 기쁨은 햇빛과 같다. 행복한 말로 기쁨의 뿌리를 만들어야 한다. 뜨거운 햇빛이 똑같이 비칠 때 뿌리 없는 꽃나무는 쉽게 말라버린다. 그러나 뿌리 있는 꽃나무는 잘 자라고 잎이 퍼지고 꽃을 피운다. 세상을 살아가는 동안 뜻하지 않은 고통과 절망이 닥쳤을 때 기쁨의 뿌리가 없는 사람은 쓰러지지만 기쁨의 뿌리가 있는 사람은 오히려 꽃을 피우는 기회를 만든다.

윌리엄 바클레이는 이런 말을 했다.

"기쁨은 사람들을 끌어당기는 매력적인 자석이다. 왜냐하면 그것이야말로 사람들이 가지지 못한 것이기 때문이다."

우리의 삶의 행복과 불행은 삶을 대하는 자세에서 차이가 난다. 꿈을 가지고 성실하게, 그리고 모든 일에 적극적인 자세로 살아가는 사람이라야 승리의 기쁨과 행복의 월계관을 얻을 수 있다.

행복한 삶을 살아가기 위한 방법

1. 모든 일에 우선순위를 정하고 그곳에 행복을 담아라.

2. 항상 적극적인 태도를 갖추고 긍정적인 말을 사용해라.

3. 살아가는 것을 기쁨의 보석을 찾는 일로 이끌어라.

4. 좋은 인간관계를 유지해라.

5. 건강은 큰 재산이다. 체력 관리에 만전을 기해라.

6. 모든 사람에게 친절하게 대해라.

36
정직하고 진실하게 말해라

말이란 어떻게 하느냐에 따라 그 의미가 달라진다. 또한 말은 씨앗이다. 어떤 말을 하느냐에 따라 그 열매가 달라질 수 있다. 그러므로 우리는 진실하고 정직하게 말해야 한다. 말하는 자세로 그 사람을 어느 정도는 파악할 수 있다. 정직한 사람은 진실성이 얼굴에 그대로 나타난다.

스펜서 존슨은 이런 말을 했다.

"자기 자신에게 진실을 말하는 것은 고결이요, 다른 사람에게 진실을 말하는 것은 정직이다."

정직하고 진실하게 말하려면 말하기 전에 먼저 남의 말을 잘 들어주고 생각을 바르게 정리해야 한다. 요령만 피우거나 잔꾀를 부리거나 기회만을 노린다면 곧 거짓을 말하게 될 것이다. 그러므로 대화를 나눌 때는 자신의 생각을 분명히 정하고, 말하고 싶은 내용을 미리 정리해보는 것이 좋다. 대화를 통해 무엇을 얻고 무엇을 주고자 하는지가 확실해야 좋은 결과를 얻을 수 있다.

언어 표현도 마찬가지다. 미사여구만 잔뜩 늘어놓는다고 좋은 것이 아니다. 진실과 정직에서 벗어난 말은 죽은 언어일 뿐이다. 죽은 언어로 대화를 나누면 평생 아무리 정직한 척, 진실한 척 위장한다 해도 결과는 뻔할 것이다.

위클리프는 "혀는 뼈가 없지만 뼈를 부숴버릴 수 있다"라고 말했다. 말의 영향력과 파괴력은 엄청나다. 말 한마디에 한 사람의 인생이 바뀌기도 한다. 그러므로 우리는 정직하고 진실하게 말해야 한다.

우리는 종종 남에게 상처를 주는 말을 하기도 한다. 말을 어떻게 하느냐에 따라 그 사람의 인격이 평가된다.

똑같은 말을 해도 어떤 상황에서 어떻게 표현하느냐에 따라 결과는 판이하게 달라진다. 사랑의 말도 진실로 가슴에서 우러나와서 해야 통한다. 꾸며서 하는 말은 그 향기가 오래 지속되지 못한다. 따라서 진실하고 정직하게 말을 해야 보다 좋은 인간관계를 맺으며 살 수 있다.

우리에게 주어진 단 한 번뿐인 소중한 삶을 진실하고 정직하게 살아가야 하는 것은 지극히 당연한 일이다. 진실하고 정직하게 살아가는 인생이라야 후회가 없고 누구에게나 떳떳할 수 있다. 정직한 말을 하는 사람은 행동 또한 바르고, 거짓말을 잘하는 사람은 그릇된 행동만 하게 된다.

존 웨슬리는 이런 말을 했다.

"할 수 있는 모든 선을 행해라. 할 수 있는 모든 방법으로, 할 수 있는 모든 장소에서, 할 수 있는 모든 시간에, 할 수 있는 모든 사람에게, 할 수 있는 힘을 다해 선을 행해라!"

또한 레오 버스카글리아는 이런 말을 했다.

"분노와 마음의 상처, 고통에 매달리지 마라. 그것들은 당신의 활력을 훔쳐가고 사랑하지 못하게 할 것이다."

우리의 마음을 분노로 어긋나게 만들지 말고 사랑으로 하나가 되게 만들어야 한다. 신뢰는 인간관계의 토대다. 신뢰가 없다면 인간관계 구조는 무너진다. 아무리 뛰어난 화술을 발휘한다고 해도 진실과 정직함이 바탕에 없으면 좋은 관계를 유지할 수 없다.

대화를 나눌 때 말을 장황하게 늘어놓으면 정작 필요한 말은 못하게 되는 수가 있다. 쓸데없이 말을 늘여가며 시간을 끌면 진실이 사라진다. 대화를 나눌 때는 간결하고 산뜻해야 한다.

행복하게 살고 싶다면 마음을 활짝 열고 미워하는 마음을 버리고 근심과 걱정을 떨쳐버리고 자신의 꿈을 향해 열심히 노력하며 살아야 한다.

정직과 진실이 통해야 행복한 세상이 된다. 정직한 말이 통하는 세상, 그런 세상을 우리 스스로가 만들어야 한다. 언제나 진실하고 정직한 사람은 자신이 있어야 할 자리에서 최선을 다하며 조금도 후회하지 않는 자세로 살기에 삶에서 보람을 느낀다.

타인을 배려하는 방법

1. 불필요한 논쟁을 피하고 공손하게 말해라.

2. 다른 사람의 실수를 지적하기 전에 먼저 자신의 실수를 인정해라.

3. 다른 사람이 수긍할 수 있게 신중하게 말해라.

4. 다른 사람의 입장에서 말해라.

5. 진실한 마음으로 말해라.

37
자신감 넘치는 말을 해라

말을 잘한다는 것은 거침없이 아무 말이나 한다는 것이 아니라 하고 싶은 말을 정확하게 상대방에게 전달할 수 있다는 것이다. 대화를 통해 좋은 인간관계를 맺을 수 있는 사람이야말로 정말 말을 잘하는 사람이다.

말은 재치 있고 조리 있게 해야 한다. 같은 말이라도 듣는 사람에게 즐거움을 주면 말을 하는 본인도 자신감이 생기고 기쁨이 넘친다. 이 얼마나 멋진 일인가.

안톤 체호프는 "부드러운 말로 상대를 설득하지 못하는 사람은 위엄 있는 말로도 설득하지 못한다"라고 했다.

성공이라는 단어와 연결시킬 수 있는 것도 '언어'다. 성공한 사람들은 매사에 적극적이고 끊임없이 '이렇게 하는 것이 좋지 않을까?'를 생각하며 실천에 옮긴다. 그들은 부정적인 생각을 버리고 끊임없이 새로운 일에 도전한다.

부정적인 생각을 떨쳐버리고 자신감 넘치는 성공의 언어로 생각을 표현해야 한다.

자신의 생각과 마음속에 담아두었던 말들을 입으로만 중얼거리지 말고 또렷하고 분명하게 표현한다면 남과 대화를 나누거나 남 앞에서 말할 때 자신감이 생길 것이다.

성공하기 위해서는 다른 사람에게 '나는 누구인가', '나의 꿈과 비전은 무엇인가'를 분명하게 말할 수 있어야 한다. 자신의 미래를 자신 있게 표현하고 목표를 달성해나가는 사람이 내일의 주인공이다.

코카콜라는 세계적으로 유명한 회사다. 제2차세계대전이 끝났을 때 코카콜라의 사장 로버트 우드러프는 다음과 같은 다짐을 했다.

"나의 꿈은 내 세대에 전 세계 모든 사람에게 코카콜라를 한 잔이라도 맛보게 하는 것이다."

오늘날 코카콜라는 아프리카 사막에서부터 전 세계에 걸쳐 팔리고 있다. 로버트 우드러프는 다짐했던 대로 꿈을 이룬 것이다.

성공한 사람들의 가장 큰 특징은 '확신'이다. 모든 일을 쉽게 포기해서는 안 된다. 종종 굳게 잠긴 자물쇠를 열게 하는 것은 열쇠 꾸러미의 맨 마지막 열쇠다.

우리는 마음속으로 날마다 외쳐야 한다.

"나는 성공한다!"

마음의 언어가 삶에서 표현되기 시작하면 이미 성공의 길에 들어선 것이다. 성공하는 사람들은 새로운 변화를 추구하고 주변을 잘 살피기 때문에 늘 새로운 이야깃거리를 만들어낸다. 그들은 항상 여유를 가지고 넓은 마음과 시각으로 대화를 이끌어나간다.

에디슨은 "성공은 결과로 판단하는 것이 아니라 그것에 소비한 노력의 통계로 판단하는 것이다"라고 말했다.

성공한 사람들은 기회가 오기만을 기다리던 사람들이 결코 아니다. 없는 기회도 만들고 자신의 둘레에 쌓여 있는 높은 벽을 무너뜨리고 절망을 이겨내고 고통을 인내하며 성공을 위해 노력한 사람들이다. 그리고 기회가 왔을 때 놓치지 않고 자신의 것으로 만든 사람들이다. 우리는 성공을 꿈꾸고, 성공을 말하고, 성공하기 위해 행동으로 옮겨야 한다. 과거에 얽매여 살아서는 안 된다.

가격 파괴의 살아 있는 전설이자 최고의 사업가로 잘 알려진 인물이 있다. 그는 미국의 최대 소매 유통업체인 월마트를 이끌고 있는

샘 월튼이다. 그의 재산은 어마어마하다. 그는 그의 일에 모든 열정
을 쏟았다. 그 결과 부와 명성을 동시에 얻게 되었다.

사업의 성공 비결-월튼

1. 모든 정보를 공유한다.
2. 열심히 일한 동료들에게 칭찬을 아끼지 않는다.
3. 다른 사람의 의견에 귀를 기울인다.
4. 고정관념을 탈피하고 다른 각도에서 바라보는 시각을 가진다.

헬렌 켈러는 보지도 듣지도 말하지도 못하는 삼중고에 시달렸다.
그런 그를 위대한 사람으로 만든 사람이 있다. 바로 헬렌 켈러의 스
승인 앤 설리번이다.

헬렌 켈러를 가르치는 길은 오직 감각기관을 통하는 방법밖에 없
었다. 설리번은 헬렌 켈러의 손바닥에 손가락으로 단어를 적어주며
글자를 가르쳤다. 그런 노력 끝에 헬렌 켈러는 말하는 법을 배우게
되었다. 앤 설리번은 헬렌 켈러에게 말했다.

"시작하고 실패하는 것을 계속해라. 실패할 때마다 무언가를 성
취할 것이다. 네가 원하는 것은 성취하지 못할지라도 무언가 가치

있는 것을 알게 될 것이다.

우리는 성공적인 삶을 살기 위해 어떠한 고통도 참고 견딜 수 있어야 한다.

성공적인 삶을 살기 위한 방법

1. 즐겁게 생활할 수 있도록 몸도 마음도 건강해라.

2. 마음에 여유를 가져라.

3. 어려운 상황에도 대처할 수 있도록 강하고 담대해져라.

4. 자기 자신을 솔직하게 인정해라.

5. 좋은 결과가 나오기까지 최선을 다해라.

6. 너그러운 마음을 가져라.

7. 내일에 대해 불안한 마음을 갖지 말고 소망을 가져라.

누가 성공을 만들어가며 가장 영광스럽게 사는 사람인가? 성공이란 한 번의 실패도 없이 사는 데 있는 것이 아니라 실패할 때마다 다시 힘차게 딛고 일어나 조금씩 성취하는 데 있다.

성공은 우리에게 만족을 준다. 만족할 줄 아는 사람은 마음이 부유한 사람이다. 만족은 마음에 풍요로움을 만든다. 만족할 줄 아는 사람들이 사용하는 언어에는 확신이 있고 비전이 있다.

성공에는 두 가지 기준점이 있다. 하나는 자기와 주위의 모든 것을 희생해서라도 높고 고상한 목적을 이루는 것이다. 과학, 문학, 철학, 예술 분야에서의 성공이 여기에 속한다. 여기에는 성공은 있지만 자신은 존재하지 않는다.

또 다른 하나는 자신과 가족이 만족할 만큼만 이루는 것이다. 이런 사람은 뚜렷하게 이룬 것이 없어도 성공한 삶을 살았다고 할 수 있다.

성공에 이르는 길은 두 길밖에 없다. 하나는 사랑이고 하나는 일이다. 만족스런 삶을 살고 싶다면 이 두 가지를 실천해야 한다. 사랑과 일을 모두 얻을 수 있다면 행복한 삶과 성공은 보장된다.

우리는 해야 할 말과 하지 말아야 할 말을 잘 구별할 줄 알아야 한다. 때와 장소에 따라 할 말을 정확히 구별해서 사용해야 한다. 상대가 누구냐에 따라서도 할 말이 달라져야 한다. 말은 말하는 사람의 마음 상태를 표현한다. 마음에 가득한 것이 말로써 표현된다는 것을 알아야 한다.

『파우스트』는 괴테가 23세에 쓰기 시작해 82세에 완성한 명작이다.

많은 사람이 너무나 쉽게 포기하고 자신은 재능이 없기 때문에 안 된다고 단정을 한다. 그러나 정작 모자라는 것은 재능이 아니라 끈기다. 재능이 있으면서도 성공하지 못하는 사람이 많다. 우리가 갖고 있는 재능이 사소한 것이라도 끈기를 가지고 그 능력을 발휘하면 놀라운 힘을 나타낼 수 있다.

한 역사가는 나폴레옹이 텐트 속에서 이미 전쟁을 장악했다고 말했다. 치밀한 계획이 텐트 안에서 이루어졌고 이미 승리를 바라보았기 때문이다. 나폴레옹은 말했다.

"나는 오직 목표만 바라본다. 장애물은 생기는 대로 없애면 되기 때문이다."

"나는 성공할 수 있다!"

이 한마디가 모든 것을 말해준다. 이 말을 가슴 깊이 심고 분명하고 확실하게 자신을 표현해야 한다.

우리가 성공을 자신 있게 말할 수 있다면 분명히 성공의 길을 걸어갈 수 있을 것이다. 우리 주변을 살펴봐라. 성공한 사람들과 실패한 사람들이 얼마나 다른가?

38
칭찬을 아끼지 마라

칭찬은 사람을 움직이게 하는 힘이다. 칭찬은 용기를 갖게 해주고 재능을 더욱 발휘시키는 자극제로 작용한다. 그러나 칭찬도 지나쳐선 안 된다. 칭찬이나 찬사는 짧을수록 좋다. 칭찬의 말을 미사여구로 꾸미거나 장황하게 늘어놓으면 오해를 받을 수 있다. 있는 모습 그대로 순수한 마음으로 칭찬해야 한다.

칭찬과 격려는 언어 생활의 보약이다. 칭찬을 싫어하는 사람은 없다. 칭찬은 우리에게 기쁨을 주고 긍지를 심어준다. 칭찬하는 말은 생명의 샘이요, 창조의 씨앗이다. 칭찬은 사람들의 용기를 북돋아주고 생기가 돌게 하는 능력이 있다.

칭찬의 말은 수없이 많다. 칭찬이 주는 효과는 대단한 것이다. 칭찬은 적당한 말을 선택하여 얼마나 적절하게 사용하느냐에 따라 그 효과가 달라진다.

남에게 호감을 받는 사람, 모든 사람이 좋아하는 사람은 다른 사람의 좋은 점을 인정하고 칭찬하는 사람이다. 칭찬은 우리의 삶에 윤기를 주고 활력소가 된다. 따뜻한 칭찬의 말이나 격려의 말은 우리의 마음에 용기와 자신감을 준다. 그리고 강한 추진력을 가지고 행동하게 만들어준다.

칭찬에 인색해서는 안 된다. 칭찬할 때는 상대가 자만하지 않을까 걱정하기보다는 칭찬하는 사람이 자신감을 갖고 당당해야 한다. 그러면 상대방이 칭찬의 의미를 분명하게 알게 되고 그에 대해 고마운 마음과 존경하는 마음을 갖게 된다.

사람은 자신의 인간성 또는 가치를 알아주는 사람에게 큰 호감을 갖는다. 이것은 누구나 마찬가지다. 우리는 다른 사람의 장점을 칭찬해주는 습관을 가져야 한다. 칭찬할 때는 기분 좋게 해주어야 하고 구체적인 사실을 말해주는 것이 좋다. 그 사람만이 가지고 있는 장점이라든지 상대가 모르고 있었던 면까지 찾아내어 칭찬해주면 기분이 좋아질 것이다. 부드러운 말로 타이밍을 잘 맞추어서 칭찬을 하면 효과도 더 좋아진다.

칭찬을 아끼지 마라. 칭찬은 사람의 마음을 움직이는 위력이 있다. 칭찬은 상대방의 마음을 이해하는 데 도움을 준다. 우리는 칭찬을 받으면 삶에 활력을 찾게 된다. 칭찬은 보약과 같은 힘을 발휘한다. 칭찬을 받으면 새 힘이 솟는다.

저술가이자 사회 심리학자인 조지 크레인 박사는『칭찬 클럽』이라는 소책자를 발간했다. 이 클럽의 회원이 되려면 한 달 동안 하루에 세 번씩 각각 다른 사람에게 칭찬을 해주어야 한다. 전혀 모르는 사람에게도 칭찬을 해주라는 것이 가입 신청자들에 대한 조건이었다.

이 클럽에 가입하게 되면 칭찬을 받기보다는 칭찬을 해주는 편이 얼마나 행복한가를 체험하게 된다. 대인 관계에 있어서 칭찬은 매우 중요하다.

우리는 주는 기쁨을 누려야 한다. 진심에서 우러나오는 칭찬은 우리에게 반드시 돌아온다. 주는 법칙은 간단하다. 기쁨을 원한다면 다른 사람에게 먼저 기쁨을 주면 된다. 칭찬은 받는 사람에게도 하는 사람에게도 큰 기쁨이 된다.

1. 구체적으로 해라. 상대가 무엇 때문에 칭찬을 받는지 알지 못하면 잘 받아들여지지 않는다.
2. 간결해야 한다. 칭찬이 길면 사람을 무안하게 할 수 있다. 간결하고 명확하게 칭찬하는 것이 더 깊은 인상을 주며 오래도록 기억에 남는다.
3. 제삼자에게 해라. 간접적으로 칭찬하여 본인에게 전달되게 하는 것이 효과를 두 배로 높인다.
4. 작은 일에도 칭찬해라. 큰일에 대해서만 칭찬하려고 하면 칭찬할 기회는 그만큼 줄어들게 마련이다. 칭찬에 인색하지 않고 사소한 장점들을 찾아줄 때 효과가 나타난다.
5. 상대방에 따라 칭찬 내용이나 방법을 달리해라. 칭찬은 인간관계와 밀접한 관계를 갖고 있다.

다른 사람에게 인정받는 것은 참으로 행복한 일이다. 남을 인정해 주면 자신도 인정받을 수 있다. 인간관계가 좋은 사람은 아무리 사소한 말이라도 다른 사람에게 도움이 되도록 하고 상대방을 인정해 준다. 또한 자신에게 이익이 될 것인가를 생각하기 전에 남을 먼저 생각하는 마음이 습관이 되어 몸에 배어 있다.

오늘날은 권리 의식이 팽배하여 누구나 자신이 원하는 것을 이루기 위해 모든 권리를 주장하는 반면에 자신에게 이익이 되지 않는 일은 절대로 하지 않으려는 경향이 있다.

자신의 이익을 위해서 살아가는 것이 나쁜 일은 아니다. 그러나 그것이 지나쳐서 이기심이 되면 인간관계는 실패하고 만다. 원래 이기심은 우리들 누구나 태어날 때부터 갖고 있지만 그것에 대한 생각을 조금만 바꾸어 남을 먼저 생각하면 인간관계에 있어서 다툴 일이 없다.

남을 인정하지 못하고 비난하거나 자신만의 주관적인 판단으로 평가하고 싶어질 때는 시작도 하기 전에 입을 막아야 한다. 남을 비난하고 경솔하게 말하는 것도 일종의 습관이다. 그러므로 그런 습관은 버려야 한다.

자기 자신에게만 도취되어 있으면 남을 살피거나 인정하려 하지 않는다. 이 세상은 혼자 살아가는 것이 아니라 함께 살아가는 것이다. 남을 인정해주고 더불어 사는 모습이 아름답다.

39
감정을 절제해라

화가 날 때면 버럭 화부터 내지 말고 심호흡을 하면서 마음을 안정시키기 바란다. 분명히 화가 진정되는 것을 느낄 것이다. 화를 내는 것보다 마음속에 사랑하는 마음을 더 많이 갖도록 힘써야 한다. 그러면 사랑이 평안을 주고 마음속에서 일어나는 분노를 이겨내게 해줄 것이다.

화를 내면 마음이 안정되지 않기 때문에 일이 손에 잡히지 않아서 일을 해도 실력을 제대로 발휘할 수가 없다.

화는 갈등에서 비롯된다. 갈등은 두 개 이상의 목표, 가치, 사건

등이 같이 작용하기가 불가능하거나 서로가 배타적으로 대치할 때 이루어진다. 화를 내고 이성을 잃으면 아무것도 할 수가 없다. 화를 낸다는 것은 자신의 삶을 어지럽게 흩는 것과 같다. 화는 모든 것을 갈라놓고 분열시킨다.

화를 내는 것은 스스로 자신의 몸을 병들게 만드는 것이다. 모든 병의 원인은 화에서 시작된다 해도 틀린 말이 아닐 것이다. 화병이라는 말이 있는 것을 보면 화는 병을 불러오는 것이 분명하다.

화를 내지 않고 차분히 삶을 정돈해나가야 모든 일을 제대로 할 수 있다. 화는 마음의 내부에 도사리고 있는 만성적인 질병을 폭로해주는 간헐적인 열병이다. 화를 내면 온몸에 열기가 돌게 된다. 화를 내는 것은 마음에 숨어 있던 쓴 뿌리를 드러내는 것이다. 화는 방심하는 사이에 자기도 모르게 나락으로 떨어지게 하는 마음 깊숙이 숨어 있는 좋지 않은 감정의 표현이다.

화를 내는 것은 합당하지 않은 마음의 표현이다. 그러므로 화를 내는 것만을 문제로 해서 다루는 것은 충분하지 않다. 우리는 화의 근원을 파고들어야 한다. 마음의 본질을 새롭게 변화시켜 성격의 변화를 일으켜야 한다.

우리가 중요하게 알아야 할 것은 화를 참거나 표현하지 않음으로 해서 분노가 축적되고 마음에 앙금이 생기게 해서는 안 된다는 것이다. 축적된 분노는 사소한 일에도 화를 내게 만든다. 많은 다툼이 작은 일에서 시작된다.

작고 사소한 일에도 쉽게 흥분하거나 무조건 화를 내는 것은 건강에도 좋지 않다.

모든 일에 대해 걱정만 하고 있으면 실의에 빠지게 되고 우울증에 걸리게 된다. 걱정을 사서 하는 사람도 있다. 염려는 두려움의 가느다란 물줄기로서 마음속으로 조금씩 흘러 들어온다. 하지만 용기를 조금만 북돋아주어도 염려하는 물줄기는 우리의 마음속에서 감쪽같이 사라져버린다. 그러므로 작은 염려들을 과감하게 떨쳐버리고 자신의 일에 확신을 가져야 한다. 걱정으로 심각해지기보다는 극복하는 즐거움 속에 활기차게 살아가야 한다.

만약에 직장 상사가 부하 직원이 싫다고 심한 말로 상처를 준다면 두 사람 사이의 갈등의 골은 깊어만 갈 것이다. 가정이 행복해야 생활이 안정된다. 참을성과 이해심을 갖고 사랑하면 가정이 행복할 수 있다. 가정뿐 아니라 그 어느 곳에서나 자기 마음대로 화를 내면 평화롭고 사랑이 가득한 곳도 곧 지옥으로 변해버린다.

하지 말아야 할 것 중 하나가 다른 사람과 다투는 일이다. 남과 다투는 것은 설령 싸워서 이긴다고 해도 자신에게 엄청난 스트레스가 되고, 분노나 증오 같은 부정적인 감정들이 마음을 지배하여 긍정적인 마음을 밀어낸다. 그러므로 다투지 말고 부드러운 말로 상대방의 마음을 가라앉혀야 한다.

우리가 긍정적인 마음을 갖는다면 상대방도 우리에게 호의적으로 대하게 되어 문제가 쉽게 풀릴 수 있다. 의견 충돌의 원인을 살펴보고 서로를 만족시킬 수 있는 해결점을 찾는다면 서로가 좋은 결과를 얻을 수 있을 것이다.

게이츠 교수는 여러 실험을 통해 이런 결론을 발표했다. 슬픔, 불안, 공포, 걱정, 증오, 원망 등의 정신 상태는 인체에 어떤 물질을 발생시킨다. 그 물질에는 대단히 강력한 독성이 있다.

독사의 경우에는 독을 담아두는 자루가 있다. 그리고 그 자루에서 나온 독은 교묘하게 몸 밖으로 배출되도록 구조가 되어 있어 자신에게는 전혀 해가 없다. 하지만 인간은 그런 식으로 인체 구조가 되어 있지 않다. 스스로 만든 독을 자신의 체내에 그대로 둘 수밖에 없다. 때문에 사람은 화를 내서 독을 만들어내면 그 독이 온몸을 돌아서 병을 만든다.

상대방을 이해하려면 논쟁을 피하고 공손하게 말해야 한다. 그가 수긍할 수 있는 말을 해야 하는 것이다. 또한 상대방의 입장에서 생각하고 상대방의 마음을 읽어주어야 한다. 진실한 마음으로 대하여 서로에게 좋은 타협점을 찾아야 하며 안정된 삶을 살아야 한다.

프랜시스 드살레는 화에 대해서 이렇게 말했다.

"전혀 화를 내지 않고 살 수 있는 방법을 발견한다면 훨씬 더 부유한 삶을 살 것이다. 이것은 화를 조금 내면서 사는 것보다 훨씬 더 좋다."

화가 치밀어 오르면 그것을 즉각 가라앉혀라. 일단 화가 나기 시작하면 온 힘을 모아 마음의 안정을 찾기 위해 노력해라. 격렬히 반응하거나 소란스럽게 반응하지 말고 아주 신중하고 부드럽게 저항해라.

무엇보다도 화를 내며 욕구불만을 그대로 표출하기보다는 부드러운 표현으로 원만한 인간관계를 만들어가야 한다.

40
대화로 풀어나가라

사람들에게 호감을 줄 수 있는 방법 중의 하나는 친절이다. 요즘은 서비스 시대이다 보니 백화점이나 식당 어디서나 직원들이 모두 친절하다.

사람들과 훌륭한 인간관계를 맺기를 원한다면 먼저 상대를 존중해야 한다. 만남을 감사하고 대화를 수용함으로써 상대가 원하는 것을 만족시켜주어야 한다.

이 세상에 내 마음에 꼭 드는 사람이 어디에 있겠는가? 서로의 부족한 점을 보완해가며 대화를 나눌 때 원만한 대인 관계가 이루어지는 것이다. 우리가 만나고 대화를 나누는 상대방이 우리에게 관심을 받고 있고 자신이 사랑받고 있다는 느낌을 강하게 받을수록 그는 우리에게 더 많은 사랑을 베풀어줄 것이다.

조르주 상드는 "인생에서 유일한 행복은 사랑하고 사랑받는 것이다"라고 말했다. 대화로 원만한 인간관계를 이루어가면 삶이 즐겁고 의미가 있다. 누구나 대화를 나누고 싶어 한다. 인간은 혼자라는 느낌이 찾아올 때 고독을 느낀다. 화제가 풍부한 대화는 삶을 풍요롭게 만들어준다.

서로가 긍정적인 대화를 나눌 때 이야기가 잘 통하게 된다. 또한 불필요한 말로 대화를 중단시키는 일이 없도록 주의해야 한다. 진실한 언어는 사용하면 할수록 그 효과가 나타난다.

얕은 지식을 가진 사람은 자기가 알고 있는 것은 무엇이나 소중한 것이라고 생각하여 세상에서 자기가 최고라는 착각에 빠져 떠들어대기도 한다. 그래서 자신이 무엇인가를 알고 있으면 자기만 아는 것이라도 되는 양 잠시도 참지 못하고 그것을 여기저기에 떠벌리고 싶어 한다. 그러나 지혜로운 사람은 자신이 알고 있는 것을 타인에게 다 전달하기가 힘들다는 것을 잘 알고 있다. 그래서 그는 때를 기다리며 잠자코 있을 때가 많다. 대화의 목적은 좋은 인간관계를 만들고 새로운 것들을 창조하고 타협하는 데 있다. 그러므로 대화를 나눌 때는 분위기가 어둡거나 딱딱해서는 안 된다.

우리는 대인 관계에서 아무것도 아닌 일에 감동하기도 한다. 우리가 평상시에 쓰는 사소한 배려의 말들이 대인 관계를 폭넓게 만드는 데 오히려 큰 역할을 하게 되는 것이다.

우리는 가끔 대화가 잘 이루어지지 않을 때가 있다. 대화를 나눌 때 사람과 사람 사이에 마음이 통하지 않으면 대화가 잘 이루어지지 않는다. 진실은 서로의 마음에 다리를 놓아주지만 거짓은 그 다리를 끊어놓는다.

대화는 서로의 마음으로 가는 길이다. 그런데 그 길에 함정을 파놓거나 덫을 놓으려 하는 사람들이 종종 있다. 그러나 정당한 말은 자리를 잃는 법이 없다. 사랑과 진실이 담긴 말은 언제나 모든 것이 제자리를 찾게 만들어준다.

대화로 원만한 인간관계를 유지하는 사람은 모든 일을 새로운 관점에서 바라볼 줄 아는 사람이다. 아주 익숙한 일일수록 남들이 전혀 생각하지 못하고 있는 방향에서 바라본다. 그는 넓은 마음을 가지고 있다. 자기 자신의 일상생활에서 벗어난 영역과 관심 분야에 관해 생각하며 대화를 나누는 여유도 있다. 삶에 열정을 가지고 있어서 진지하게 대화를 나누기를 좋아한다. 우리는 살면서 하는 말에 책임을 질 줄 아는 동시에 다른 사람의 말도 관심을 갖고 들어야 한다.

　용혜원의 긍정의 기적

우리는 알게 모르게 남의 행동이나 말에 영향을 받기도 하고 자신의 말이나 행동으로 남에게 커다란 영향을 미치기도 한다. 그러한 영향을 끼치는 존재가 반드시 대단한 위치에 있는 사람만은 아니다. 낮은 곳에 있는 촛불도 높은 곳에 세워둔 촛불과 똑같은 빛으로 주위를 밝히는 것처럼 우리와 우리 주변의 모든 사람이 서로의 삶에 영향을 미칠 수 있다.

대화를 나눌 때 일방적으로 자신의 주장만 늘어놓아서는 안 된다. 사람들은 누구나 여러 분야에 관심을 갖고 있다. 상대방에 대해 깊은 애정과 관심을 갖고 대화를 나누어야 한다. 상대방의 입장에서 이해하려고 하면 대화가 편해진다.

대화를 잘 이끌어나가는 사람은 유머 감각도 풍부하다. 또한 그는 자신이 하고자 하는 표현을 분명하고 정확하게 한다. 그리고 자기 나름대로 독특한 표현 방식을 가지고 있다. 그의 표현 방식은 홀로 독점하는 것이 아니라 상대와 나누는 것이다.

제논이 이렇게 말했다.

"인간이 두 개의 귀와 한 개의 혀를 가진 것은 남의 말을 좀 더 잘 듣고 필요 이상의 말을 하지 못하게 함이다."

원만한 인간관계를 위해서는 남의 말에 귀를 기울여야 한다.

상대방을 기분 좋게 만들면 자신도 기분이 좋아진다. 주변 사람을 괴롭혀서 기분이 좋아지는 사람이 있다면 문제가 있는 사람이다. 남을 행복하게 해줄 수 있는 사람이 행복이 무엇인지 아는 사람이다. 우리는 알고 있는 것을 표현하고 나타내야 한다. 행복해질 수 있는 방법을 알고 있는데 표현하지 못하고 산다면 그것은 너무나 안타까운 일이다.

우리나라 속담에 "웃는 얼굴에 침 못 뱉는다"라는 말이 있다. 대인 관계에는 밝은 얼굴과 따스한 미소가 필요하다. 상대방의 마음을 끌어당길 수 있어야 한다. 상대방을 신뢰하고 인정해야 한다. 대화로 인간관계를 잘 맺는 것은 좋은 일이다.

좋은 인간관계를 맺기 위해 말하는 법

1. 먼저 다가가 말을 건다.
2. 밝고 시원시원하게 말한다.
3. 기분을 전환할 수 있는 말을 해준다.
4. 긍정적으로 표현하고 알기 쉽게 말한다.
5. "당신 덕분에"라는 말로 진심을 표현한다.
6. 상대방에게 잘못했을 때 솔직하게 사과한다.

 용혜원의 긍정의 기적

사람들이 두뇌를 갈닦고 기술을 연마해서 사회에서 성공할 수 있는 확률은 10%라고 한다. 그런데 좋은 인간관계를 유지하면 성공할 수 있는 확률이 85%라고 한다. 직장에서 일을 잘 감당하지 못해서 해고당하는 것보다 대인 관계가 원만하지 못해서 해고당하는 경우가 거의 두 배에 달한다고 한다. 그만큼 대인 관계가 매우 중요하다.

괴테는 말했다.

"자꾸만 멀리 가려고 하지 말고 주변을 보아라. 좋은 것은 가까이에 있다. 다만 네가 그것을 잡은 줄 알면 행복은 언제나 거기 있다."

내 안에, 내 주변에 행복이 있다. 내 몸 전체를 돌고 있는 피 속에 행복이 있다. 우리가 살아 있음이 행복하지 않은가? 생명이 아름답다면 우리는 삶을 멋지게 살아야 한다.

어떤 사람이라도 비난, 비평, 불평 이 세 가지만을 하지 않는다면 성공할 수 있다. 링컨의 성공 비결은 절대로 다른 사람을 비판하지 않는 것이었다. 사람들과 가까워지고 원만한 관계를 맺는 가장 좋은 방법은 상대방을 칭찬해주고 잘한 것을 발견하여 더 깊은 의미를 담아서 격려해주는 것이다.

대화를 통해 뭔가를 얻으려면 내 것만을 주장하지 말고 상대방이 좋아하고 원하는 것을 존중해줘야 한다.

인간관계는 신뢰를 바탕으로 시작한다. 인간관계에서 성공한 사람은 모두 마음의 그릇이 큰 사람들이다. 그들은 어떤 일에든지 적극적이며 끊임없이 생각하고 생각한 것을 실천에 옮긴다.

성공적인 인간관계를 만드는 방법

1. 첫인상을 좋게 해라.

2. 가까울수록 예의를 지켜라.

3. 다른 사람의 말을 잘 들어줘라.

4. 자신 있는 행동을 보여라.

5. 솔직하고 우호적인 태도를 보여라.

6. 언제나 밝은 미소를 지어라.

7. 자신의 입장에서 행동하기 전에 상대방의 입장을 생각해라.

41
상대방의 말을 잘 들어줘라

혼자서는 대화를 할 수 없다. 홀로 말하는 것은 허공에 메아리치는 것과 같다. 대화란 함께 나누는 것이다. 말하는 것과 듣는 것이 조화를 잘 이루어야 한다. 귀를 열어서 상대방의 말을 잘 들어주어야 한다. 대화를 나눌 때 차분한 마음으로 남의 이야기를 들어주는 사람은 이미 대화에 성공한 것이다.

살아 있는 모든 것은 자신을 마음껏 표현하고 싶어 한다. 우리도 살아 있는 존재다. 그러므로 자신의 모습을 제대로 표현해야 한다.

언어도 자신을 표현하는 것이다. 그러므로 대화를 나눌 때 누구나 자신의 말을 잘 들어주는 사람을 좋아한다. 그리고 자신의 이야기를 잘 들어주는 사람이 곁에 있으면 마음이 편안해진다. 우리가 대화를 나눌 때 상대방의 이야기에 귀를 기울이고 잘 들어준다면 서로가 한층 더 가깝게 되는 법이다.

대화를 나눌 때 잘 들어주는 태도는 관찰을 통해 길러지는 능력인데, 이것은 선입관이나 고정관념을 떠나 바른 대화를 나누게 한다. 우리는 다른 사람의 말을 들을 때 머릿속에서 또 다른 말을 듣게 된다.

'나는 이 말을 받아들일 것인가, 안 받아들일 것인가? 왜 나에게 이런 말을 하고 있는 것일까?'

우리는 한꺼번에 두 가지 대화를 듣고 있는 것이다. 마음에 분별력을 가지고 상대방의 말을 잘 받아들여야 한다.

다른 사람이 내 이야기를 잘 들어주기를 바란다면 내가 먼저 다른 사람의 말에 귀 기울여야 한다. 다른 사람의 이야기를 잘 들어주면 나 역시 지금보다 더 잘 이해받을 수 있다. 또한 다른 사람의 말을 잘 들어주면 신뢰감이 두터워진다. 우리에게 남을 이해하는 따뜻한 마음이 있다면, 상대방을 깊이 이해해주고 싶다는 생각이 먼저 행동으로 나타난다.

다른 사람과 대화를 나눌 때는 진지하게 들어주어야 한다. 다른 사람의 말을 편견이나 오해 없이 잘 들어주는 사람이 정말 대화를 잘하는 사람이다. 그러므로 대화를 나눌 때는 이해심과 인내심이 필요하다.

우리는 인간관계가 잘 이루어지면 보다 나은 삶을 살 수 있다. 인간관계가 잘 이루어지면 큰 기쁨을 누릴 수 있다. 사람들과 함께하는 삶과 홀로 외톨이가 되는 삶에는 엄청난 차이가 있다. 대화는 '나'로 시작해서 '우리'라는 공동체를 만들어준다. 다른 사람의 말을 잘 들어주는 것은 마음에 여유가 있다는 것이며, 마음에 여유가 있는 사람이 성공한다.

상대방의 이야기를 잘 들음으로써 얻어지는 효과

1. 상대방이 마음을 열 수 있는 분위기가 조성된다.

2. 대화가 즐거워지고 말하는 사람의 호감을 얻을 수 있다.

3. 보다 많은 지식과 정보를 얻을 수 있다.

4. 상대방의 진의를 알 수 있다.

5. 상대의 말에 적절하게 대응할 수 있다.

6. 상대방에게 협조와 협력을 얻기가 쉬워진다.

7. 인내심과 참을성이 생긴다.

대화를 나눌 때 상대의 말에 맞장구를 쳐주는 것은 상대방의 말을 잘 듣고 있다는 신호다. 대화를 잘 이끌어가는 표현 기술이자 대화를 촉진시켜주는 방법이기도 하다. 상대방의 이야기를 들어줄 때 눈을 바라보면서 듣거나 상대방이 한 말을 되뇌며 듣는 등 경청하고 있다는 태도가 동반되면 더 좋은 효과를 나타낼 수 있다.

대화를 나누다가 재미가 있으면 눈웃음을 짓고, 공감할 내용이 있을 때는 손뼉을 쳐도 좋다. 대화를 나눌 때 맞장구를 쳐주는 것은 서로를 더 가깝게 만들어주고 더 깊은 대화를 나눌 수 있게 해준다.

대화를 상실하면 우리의 존재 가치는 사라진다. 대화가 제대로 이루어지지 않는 인간관계에서는 아름다운 모습을 찾을 수 없다. 대화는 사람들이 함께하는 공동체의 삶에서 서로가 서로에게 이해와 협조가 필요하다는 것을 알려준다. 대화는 신뢰를 쌓게 하고, 갈등을 해소시키고, 사랑을 잉태시킨다.

우리가 다른 사람에게 성실하면 그들도 우리에게 성실하게 되고 마음을 열고 대화를 하게 된다. 대화의 문이 활짝 열리면 인간관계가 돈독해진다. 그러므로 대화를 나눌 때 고집스럽게 상대방의 생각과 의견을 일방적으로 바꾸려 하지 말고 같은 곳을 바라보며 일치점을 찾아야 한다.

대화를 나눌 때 진지하게 잘 들어주고 원만한 인간관계를 이루기 위해서는 대화의 목적이 분명해야 한다. 대화를 통해서 긍정적이고 책임 있는 마음을 행동화시켜야 한다. 대화는 나를 알림으로써 상대를 아는 방법이다.

성공적인 대화는 효과적인 의사소통에 달려 있다. 효과적인 의사소통은 전달한 내용이 그대로 잘 받아들여질 때 이루어진다.

종종 우리가 말한 것이 다른 사람이 듣거나 이해한 것과 달라서 의견 차이와 갈등이 생기는 경우가 있다. 상대가 무슨 이야기를 듣고 있는지조차도 모른다면 의견 차이를 좁히거나 해결할 수 없다. 우리는 전달해야 될 말을 빠뜨리거나 다른 부분을 지나치게 강조해서 상대방으로 하여금 내용을 왜곡하거나 오해하게 하면 안 된다.

위기는 진지하고 바르게 검토함으로 예방할 수 있다. 의사를 분명하게 전달하기 위해서 자신 있게 말해야 한다. 들을 때도 상대방의 말을 주의 깊게 듣고 자신이 이해한 것이 정확한가를 살펴보아야 한다.

상대방의 이야기를 잘 들어주는 방법

1. 상대방의 눈을 바라본다.

2. 긍정하는 마음을 표현한다.

3. 중간에 끊지 않고 끝까지 듣는다.

4. 상대방이 원하는 바를 파악한다.

42
사사로운 일로
남을 비판하지 마라

이 세상에 잘못된 비판을 받고 좋아할 사람은 단 한 사람도 없을 것이다. 자신이 잘못해서 비판을 받아도 싫은데, 하물며 잘못도 없는데 비판을 받으면 화가 날 것이다. 아무런 이유 없이 느닷없이 비판이 퍼부어진다면 마른하늘에 날벼락을 맞는 것과 같은 심정일 것이다.

화가 잔뜩 나서 일그러진 얼굴로 일방적으로 남을 비판하려 든다면 비판을 받는 사람은 당혹스럽다. 자기 불만을 남에게 전가하려는 행동으로 보일 것이고, 그러면 상대방이 잘 받아들이지 못할 것이다. 그러므로 일방적인 비난을 하기보다는 부드러운 대화로 감정에 호소하는 것이 좋다.

남의 잘못을 꾸짖거나 실수를 비판하는 것은 다시는 그런 일을 하지 말라고 충고하는 것이다. 그런데 남을 비판할 때 언성만 높이고 무턱대고 화를 낸다면 목적을 망각한 잘못된 행동이 된다. 그런 행동은 두 사람의 마음에 상처만 남긴다.

사람들이 모여서 대화를 나눌 때 남을 비판하는 일을 즐기는 경우가 많다. 어떤 때는 주변의 모든 사람이 비판의 대상이 된다. 비판에 불이 붙기 시작하면 너 나 할 것 없이 서로 맞장구를 쳐가며 좋아한다. 때로는 아무 생각 없이 남을 헐뜯고 깎아내린다. 그러나 비판을 하고 나서 나중에 뒤돌아서 생각해보면 마음이 더 허전하고 후회가 된다.

남을 험담하면서 스트레스를 풀려는 사람이 있는데, 이는 도리어 자신에게 정신적인 상처를 입힌다. "세 치 혀가 다섯 자 몸을 상하게 한다"라는 말이 있다. 함부로 남을 비판하면 다른 사람에게 악영향을 끼치고 자신에게도 피해가 올 수 있다는 것을 분명히 알아야 한다. 열등감이 많은 사람은 남의 열등감을 잘 본다. 그러므로 남의 결점을 찾아내어 비판하기를 좋아한다. 누구에게나 인정받는 사람은 남을 인정할 줄 안다. 제대로 인정받지 못하는 사람이야말로 남을 비판하고 헐뜯기를 좋아한다.

자신이 남을 비판하기 좋아한다면 한번 깊이 생각해봐라. 다른 사람이 자신을 비난한다면 자신도 기분이 좋지 않을 것이고 마음에 상처를 입게 될 것이다. 사랑하면서 살아도 짧기만 한 삶을 미워하고 헐뜯고 산다면 그 삶이 얼마나 허무할 것인가? 비판을 하고 싶을 때는 먼저 입장을 바꾸어 생각해보기 바란다.

우리가 누군가를 꼭 비판해야 한다면 그를 직접 비판하기보다는 다른 사람을 얘기하듯 대화를 유도해나가면 듣는 사람의 마음을 상하게 하지 않고 조심스럽게 충고하는 방법이 될 수가 있다. 비판할 때는 직선적으로 하는 것보다 우회하여 깨닫게 하는 방법이 더 효과적일 때가 있다. 남을 비판할 때 기본적인 방법은 그가 스스로 깨닫도록 대화를 이끌어나가는 것이다.

대화를 나눌 때는 상대방의 입장을 이해해주어야 한다. 우리가 제안하는 것을 다른 사람이 기꺼이 동참할 수 있도록 만들어야 한다. 성숙한 대화를 할 줄 아는 사람은 다른 사람들이 범하는 실수를 자기도 해왔다는 것을 인정한다. 다른 사람의 잘못을 지적하기 전에 이 점을 먼저 말하는 것이 서로의 관계를 더 돈독히 하고 가깝게 만들어줄 것이다.

누군가 자신을 비난하는 말을 할 때 듣기 싫다고 큰 소리로 대응하는 것은 인간관계를 끊어버리는 잘못된 언어 표현이다. 듣기 싫다는 말은 대화의 단절을 요구하는 것이다. 우리는 인간관계에서 아무리 오래 알고 지낸 사이라 해도 극단적인 언어 표현은 하지 않는 것이 좋다.

미국 어느 법정에 수건으로 눈을 가리고 저울질하는 동상이 서 있다고 한다. 사람은 잘못 판단하기 쉽다는 것을 보여주는 상징이다. 내가 보기에는 틀려도 다른 사람이 보기에는 옳은 일도 있고, 현재는 잘못돼 보이지만 나중에 옳은 것으로 판명되기도 하고, 겉으로는 좋아 보여도 속으로는 나쁠 수도 있다.

또 자신의 눈 속에 있는 들보는 깨닫지 못하고 남의 눈에 있는 티를 빼라고 하기도 쉽다. 우리는 겸손한 마음으로 자신을 살펴야 한다. 남을 비판하는 만큼 자신도 비판을 받게 되고 남에게 관대하면 자신도 관대함을 받게 된다. 겸손한 사람은 남을 무조건 비판하지 않는다. 그러므로 우리는 남을 비판하는 일에 삶의 소중한 시간을 헛되게 써서는 안 된다.

우리가 다른 사람들을 볼 때 그에게 있는 장점보다는 단점을 먼저 보기 때문에 비판이 쉽게 나올 수가 있는 것이다.

비판하지 마라. 욕심이 가득한 이기주의는 항상 실제보다 더 큰 피해를 만든다.

단, 비판을 받을 때는 자신의 단점을 생각하고 다시 한 번 점검해
봐야 한다. 그러나 비판 때문에 낙담하거나 좌절해서는 안 된다. 모
든 비판을 겸허하게 받아들여 성장하는 기회로 만들어야 한다.

43
열기가 넘치는 대화를 나눠라

우리는 대화로써 모든 일을 시작하고 처리한다. 대화에 열기가 없으면 삶에 생동감과 활기가 없다. 자신의 일에 열중하는 사람은 대화를 나눌 때 열기가 넘친다. 그러나 실패의 늪에 빠져 있거나 지쳐 있는 사람은 대화에 활기가 없다. 우리 주변에는 마음을 터놓고 이야기를 나눌 수 있는 사람이 그리 많지 않다. 사람들은 마음을 탁 털어놓고 이야기할 수 있는 사람을 원한다. 격의 없이 있는 모습 그대로 보여지고 싶은 것이다. 대화를 나눌 사람이 없다고 실망할 필요는 없다. 우리는 삶의 주변 가까운 곳에서 대화를 나눌 좋은 사람들을 만날 수 있다.

대화를 나눌 때는 기쁘고 즐거운 여운을 남길 수 있어야 한다. 그러기 위해서는 형식적인 대화가 아니라 마음과 마음이 통할 수 있는 열기 넘치는 대화를 나누어야 한다. 이 세상의 어느 곳에서든지 정직과 진실은 통하게 되어 있다.

풍부한 화제가 있다면 대화는 한층 더 열기가 넘칠 것이다. 또한 재미있고 흥미 있을 것이다. 좋은 화제들을 미리 준비하고 대화를 잘 풀어가는 법을 배우는 것도 아주 중요하다. 대화란 이야기를 통해 서로가 친숙해지는 방법이기 때문이다. 활력 넘치는 삶을 살아가려면 역시 열기 있는 대화가 필요하다.

살다 보면 여러 가지 어려움이 많다. 그러한 문제들을 활기 넘치는 대화를 통해 하나씩 잘 풀어나가야 한다. 이것이 바로 지혜 있는 사람의 행동이다. 무엇이든지 욕심을 내면 실패할 수밖에 없다.

대화는 단순한 지식의 교류에서 시작해 그 지식을 바탕으로 새로운 이야기를 창출해나가야 한다. 대화를 나눌 때 함께 공감할 수 있는 화제가 있다면 대화는 술술 풀리게 되고 즐겁게 이야기를 나눌 수 있다.

이런 대화 속에서 서로가 만족감을 얻을 수 있게 되는 것이다. 이때 마음의 연결이 부드러워지고 더 견고해진다.

대화에 열기를 돋우려면 대화를 나눌 때 혼자 주도권을 독점해서는 안 된다. 상대방이 말하고 싶어 하는데 혼자만 떠드는 사람이 있다. 이때 상대방이 가만히 있는 것은 말할 줄 몰라서가 아니다. 말할 기회를 찾고 있거나 잠자코 있으면서 대화의 흥을 깨지 않으려는 것이다. 그러므로 상대방에게도 말할 기회를 주어야 열기가 넘치는 대화를 할 수가 있다. 대화를 들어줄 때는 상대방의 말에 귀를 기울이고 믿음과 신뢰를 줘야 한다.

열기가 있는 대화를 나누려면 말을 잘하는 능력이 있어야 한다. 이 세상에서 어느 분야에서든지 성공을 이루며 삶을 주도적으로 이끌어가는 사람들은 자신의 일에 열정과 확신이 있고 대화를 나눌 때 열기가 넘친다. 자신의 가슴속에 새겨진 분명한 확신이 있기 때문에 상대방에게 자신 있게 표현할 수 있는 것이다.

활기가 넘치는 대화를 나누려면 나쁜 소식보다는 좋은 소식을 전해야 한다. 누구나 좋은 소식을 들으면 두 눈이 반짝거리고 가슴이 따뜻해진다. 얼굴 표정을 밝게 하는 것도 좋은 포인트다.

대화를 나눌 때는 고개를 끄덕이고 상대방의 눈을 긍정적으로 바라보아야 한다. 상대방을 배려하면 열기 있는 대화를 부드럽고 여유 있게 나눌 수 있다. 약속은 분명하게 지키고 솔직해야 한다. 대화를 나누는 것도 일종의 약속이다. 그러므로 일방적으로 말하거나 일방

 용혜원의 긍정의 기적

적으로 판단해서는 안 된다.

상대방이 어려움에 처해 있을 때 잘못을 지적하고 따지기보다는 부드럽고 여유 있게 접근하여 해결해야 한다. 상대방의 이야기를 잘 들어주면 열기 있는 대화를 나눌 수 있다.

인간관계에 있어서 진실한 마음은 그 사람의 능력이나 여러 가지 좋은 조건들보다 높은 대접을 받기 마련이다. 열기가 있는 솔직한 대화를 나누려면 거짓 없이 진실해야 한다.

우리는 왜 열기 넘치는 대화를 나누어야 하는가? 나 자신이 누군가에게 행복을 전해주고 싶기 때문이다. 나로 인해 행복해할 사람이 있다면 얼마나 기쁘겠는가.

대화를 나눌 때 불신을 없애고 편안한 마음으로 서로의 마음을 부담 없이 털어놓아야 한다. 부정적인 사고가 하루아침에 생기는 것이 아닌 것처럼 긍정적인 사고방식도 마찬가지다.

아름다운 목소리를 갖기 위해서는 매일 발성 연습을 해야 하듯이 강한 자신감 속에서 열기 넘치는 대화를 나누려면 긍정적 사고를 키우는 노력을 끊임없이 해야 한다. 긍정적인 생각을 하고 긍정적인 대화를 나누면서 대화의 열기를 높여나가면 놀랄 정도로 발전한 자신을 발견할 수 있을 것이다.

밴저민 디즈레일리가 이렇게 말했다.

"남과 이야기할 때 그 사람에 관해 이야기해라. 그러면 당신의 말을 몇 시간이고 경청할 것이다."

열기 있는 대화에는 진실한 말 한마디, 따뜻한 말 한마디가 큰 역할을 한다. 때로는 말이 없어도 진실한 마음이 담겨 있는 모습을 보여야 한다.

44
당당하게 의견을 표현해라

언어는 사상의 옷이다. __새뮤얼 존슨

우리는 삶을 당당하게 살아갈 의무가 있다. 우리의 삶은 너무나 소중하기 때문이다.

담대함은 우리의 삶에서 없어서는 안 되는 중요한 태도다. 닫혀 있는 마음을 열고 삶에 용기를 가지고 도전해야 한다.

대화를 나눌 때는 자신 있는 말로 요점만 분명하게 말하는 습관을 길러라. 우물쭈물 얼버무리는 태도는 상대방을 답답하게 만든다. 따라서 긴장을 풀고 침착하게 대화를 나눠야 한다.

거절할 때에도 자신의 의사를 분명하게 밝혀야 한다. 의사 표현을 분명하게 하면 상대방에게 이용을 당하거나 불필요한 일에 연루되지 않는다.

다른 사람이 자신이 싫어하는 일을 반복할 때는 분명하게 싫다는 표현을 해야 한다. 싫은데도 질질 끌려다니기 시작하면 그런 일이 반복돼 결국 자신의 모습도 우습게 된다. 무슨 일이든지 의사를 분명하게 표현하는 습관을 길러야 한다.

서로가 공감할 수 있는 이야기를 나누면 상대방도 흐뭇해지고 자신도 보람을 느낄 수 있다. 대화를 나누며 공통점을 찾아서 서로가 즐겁게 이야기할 수 있는 기회를 만들어야 한다. 사람은 자주 만나면 친해지고, 친해지면 아무런 거리낌 없이 자연스럽게 자신의 의사를 표현할 수 있게 된다.

이 세상에는 나를 좋아하는 사람만 있는 것이 아니다. 나를 싫어하는 사람도 있다. 그런 사람들과 제대로 인간관계를 맺으려면 어떤 상황에도 대처할 수 있는 마음가짐과 어떤 장애물도 극복할 수 있는 능력이 있어야 한다.

우리는 어려움에 처할 때마다 이를 극복하는 과정에서 더 강인해지고 보다 유연해진다. 어려움을 극복할 때마다 새롭게 솟아나는 에너지는 우리로 하여금 맞닥뜨린 장애물을 뛰어넘도록 만든다. 우리에게 다가오는 장애물을 뛰어넘고 통과하고 나면 우리의 모든 것은 달라진다. 그리고 얼마 후에는 어떠한 역경에도 흔들리지 않는 튼튼한 뿌리를 가지게 된다.

성공한 사람들의 눈부신 성공 뒤에는 끈질긴 노력이 숨어 있다. 그러므로 어느 날 갑자기 성공한다는 것은 있을 수 없는 일이다. 길고 긴 노력의 시간들이 조금씩 조금씩 쌓여서 성공의 탑을 이루는 것이다. 기다리고 기다려서 어떤 기회가 왔을 때, 그동안 아껴두었던 힘을 한꺼번에 발휘하여 성공을 쟁취하는 것이다.

처음부터 대화를 잘하는 사람은 없다. 특히 대중 앞에서 말할 때는 더욱 그렇다. 거듭되는 실패를 극복하고 노력을 하면 자신의 모든 것을 마음껏 표현할 때가 온다. 좌절하지 않고 도전하는 마음이 가장 중요하다.

우리의 마음을 혼란스럽게 하는 사람과 대화를 나눌 때는 냉정하게 판단하도록 노력해야 한다. 자신이 고민하거나 두려워하거나 겁을 먹고 있다는 것을 그가 눈치채게 해서는 안 된다. 대화를 나눌 때 상대방이 나를 마음대로 할 수 있다는 생각을 하지 못하도록 당당한 자세를 보여주어야 한다.

우리의 마음이 상대방에게 지배를 당하지 않도록 해야 하며 우리 자신을 잘 조절할 수 있어야 한다. 그렇게 하면 대화의 만족도도 커지고 보다 유익한 대화를 할 수 있다.

연약함을 버리고 당당하게 말하려면 자신의 개인적인 일을 말하는 것을 망설이지 말아야 한다. 누군가 우리의 개인적인 일들을 파고들어 감정을 상하게 할 수 있다는 염려와 걱정을 몰아내야 한다.

늘 자기 자신에게 솔직해야 한다. 언어 표현 속에 거짓 없이 자신을 확실하게 드러내야 한다. 자신을 겉으로 드러낼 수 없다는 생각을 버려야 한다. 그런 생각은 스스로 무엇인가를 감추고 싶어 하는 마음에서 비롯된다.

자기를 자신 있게 표현하는 훈련을 하는 것이 좋다. 자신을 드러내지 않으면 상대방도 자신을 감추어버린다. 살아가며 마음 터놓고 이야기할 수 있는 사람이 없다면 우리의 삶과 언어는 고여 있는 물과 같을 것이다. 고여 있는 물은 썩을 수밖에 없다. 살아 있는 모든 것들은 변화하고 성장해야 한다.

다른 사람과 대화를 나누거나 함께 일을 할 때 무조건적으로 상대방을 치켜세우지 말아야 한다. 그것은 그 사람에게 자신의 지배자가 되어달라고 부탁하는 것과 마찬가지다. 스스로 나를 치켜세울 때 자신 있게 살아갈 수 있다.

당당하게 말하는 방법

1. 상대방을 지나치게 의식하지 않고 마음의 여유를 갖고 말한다.

2. 불가능한 것보다 가능한 것들을 먼저 말한다.

3. 자신의 모습을 가식 없이 있는 그대로 표현한다.

4. 열등감을 자극하는 말을 하지 않는다.

5. 불만이 있을 때 솔직하게 표현한다.

6. 말하고자 하는 것을 분명하게 표현한다.

45
잘못을 인정해라

잘못했을 때는 분명하게 인정해야 한다. 잘못을 했을 때 스스로 잘못을 시인하고 사과한다는 것은 그리 쉬운 일이 아니다. 그러나 사과하는 것과 하지 않는 것의 결과는 하늘과 땅만큼이나 큰 차이를 나타낸다.

이 넓은 세상에서 복잡하게 얽혀 있는 사람들과 부딪치며 살아가면 때때로 심한 스트레스를 받게 된다. 그런 사람들 사이에서 작은 실수에 분노하는 것을 일종의 '스트레스 해소'라고 말하는 사람도 있다. 그러나 남을 배려하는 마음을 가져야 더 여유 있고 스트레스

해소에도 도움이 된다.

우리가 무언가를 잘못했을 때 마음에 세 가지 변화가 생긴다. '반성'과 '사과' 그리고 '용서'다. 이중에서 반성은 혼자서도 할 수 있다. 하지만 사과와 용서는 인간관계 속에서만 이루어진다. 사과하는 것은 상대방의 입장에서 그의 고통을 정확하게 인식하고 자신을 다루는 일이다. 이것은 인간만이 할 수 있는 것이다. 잘못한 일이 있을 때 잘못을 시인하고 사과할 때 참으로 멋진 사람이 된다.

랠프 월도 에머슨이 이렇게 말했다.

"주면 받는 법칙이 있다. 남을 저주하면 자신에게도 저주가 온다. 우리가 원하는 물건에 대해서는 그 값을 치러야 하는 것처럼 다른 일에 있어서도 남에게 피해를 입혔다면 그 피해는 자신에게 되돌아 온다는 것을 알아야 한다."

잘못을 정중하게 사과한다면 상대방은 마음이 너그러워져서 용서하는 마음이 생기게 된다. 그것은 사과를 받음으로써 자신이 상대에게 얼마나 중요한 존재가 되는가를 가늠할 수 있어서 기분이 좋아지기 때문이다.

어리석은 사람은 변명을 하여 상대를 쓸데없이 불편하게 만들지만 현명한 사람은 자기의 잘못을 사과함으로 상대의 기분을 풀고 자신도 구제를 받는다.

사과를 할 때는 확실하게 해야 한다. 우리가 미안한 마음이 있더라도 상대방에게 말하지 않는다면 책임을 다한 것이 아니다. 잘못했을 때는 주저하지 말고 사과해야 한다. 사과를 하고 분명하게 고쳐나가야 한다. 그러지 않으면 사과는 "눈 가리고 아웅" 하는 식이 되고 만다. 잘못에 대해 사과하지 않으면 큰 손해를 보게 될 수도 있다.

우리는 거칠고 비합리적인 감정 표현을 세련되고 합리적인 방향으로 전환시켜야 한다. 자신의 감정을 억제하거나 참는 것이 아니라 솔직하게 표현하면서 상대의 마음을 잘 움직이는 것이다. 상대방이 잘못을 지적할 때는 바른 태도로 정중하게 받아들여야 한다. 상대방의 지적을 받아들일 때 오히려 좋은 결과를 얻을 수 있다.

우리는 자신에게 편하고, 솔직하게 대하는 사람에게 쉽게 마음이 열리는 법이다. 다른 사람을 이해하고 배려해주는 마음을 갖고 솔직하게 말해라. 그러면 다른 사람과의 관계에서 큰 인기를 얻을 수 있을 것이다.

상대방에게 잘못을 지적당했을 때 억지 이론을 펴 자신의 잘못을 부정하거나 남에게 책임을 전가하거나 혹은 다른 곳으로 화제를 돌리는 것은 더 큰 잘못을 하는 것이다. 이런 사람은 어디를 가도 환영받지 못한다. 사과란 상대방의 입장을 생각하고 자신의 잘못을 인정하는 것이다. 솔직하게 사과할 줄 아는 사람은 인간미가 있다. 사과하지 못하는 사람은 누구에게도 사랑받지 못한다.

인간의 감정은 희로애락으로 표현된다. 말할 것도 없이 사과의 최대 목적은 상대방의 분노를 가라앉히는 것이다. 분노는 희로애락의 네 가지 감정 가운데 사실은 가장 다루기 쉬운 것이다. 분노를 그대로 표출하는 사람은 겉으로 온화한 척하면서 속으로 음흉한 생각을 하는 사람에 비해 순수하다.

상대의 분노가 어디에서 오는 어떤 종류의 것인가를 알아내어 그에 맞게 사과하는 것이 중요하다. 분노는 대부분 기대와 현실과의 혼동에서 발생한다. 상대의 말이 아무리 부당하다 해도 잊어서는 안 될 중요한 것은 부드러운 어조로 말해야 한다는 것이다.

사과를 할 때 지나친 변명이나 해명은 금물이다. 묻지도 않았는데 변명만 잔뜩 늘어놓으면 그것이 진실이더라도 상대방에게는 발뺌을 하려는 것으로 받아들여질 수가 있다.

사과는 언제나 진실하고 깨끗하게 해야 한다. 그래야 오랜 후에 생각해도 입가에 웃음을 짓게 하고 문득 떠올렸을 때 기분 좋은 사람이 된다. 우리의 삶은 하루를 살아가는 것이 아니라 평생을 살아가는 것이다. 그러므로 항상 진실하게 살아야 한다.

46
신중하게 생각해서 말해라

우리는 희망 속에 살아간다. 희망 속에 내일을 기대하고 내일을 위해 노력한다. 희망이 없는 사람은 보람이 없는 불행한 삶을 살아간다.

사람은 누구나 훌륭한 인격체를 가지고 있다. 그러므로 말을 함부로 해서 남에게 상처를 주는 것은 잘못이다. 사람은 실수할 수 있다. 그러한 실수나 실패를 통해서 끊임없이 배워야 한다.

사람들은 남의 실수나 실패에 관대하지 못하고 지적하기를 좋아한다. 우리는 모든 사람을 똑같이 사랑할 수는 없다. 그러나 지나치게 편애하는 마음은 남에게 상처를 줄 수 있다. 편애를 하면 사랑하지 않는 사람의 감정에 대해서는 고려하지 않기 때문이다.

다른 사람을 미워하는 마음이 생기면 상처가 되는 말을 하게 된다. 미움이 상처를 만들고 가시 돋친 말을 하게 하는 것이다.

말은 우리의 삶에서 강한 힘을 발휘한다. 사랑과 희망, 그리고 격려가 담긴 긍정적이고 따뜻한 말은 우리에게 희망을 준다.

우리는 될 수 있으면 남에게 상처 주는 말을 피하고 따뜻한 말을 해야 한다. 자기 자신에게도 스스로 상처를 주는 말은 해서는 안 된다. 스스로에게 부정적이고 상처가 되는 말을 해서 자신감을 잃을 때가 있다. 없는 것을 탓하기보다 있는 것으로 인해 행복해할 수 있는 마음을 가져야 한다.

대화를 나누면서 서로를 잘 알고 있다고 해서 함부로 비웃거나 비꼬는 말로 공격해서 주위 사람들을 웃기려고 하는 것은 본인은 재미있을지 몰라도 당하는 사람에게는 큰 상처가 된다. 저마다 자신의 위치에서 자기 나름대로의 보람을 찾으며 살아가고 있다는 것을 알고 서로 존중해줘야 한다.

단 한마디의 말이라도 상처가 되면 마음에 쓴 뿌리로 남게 된다. 농담처럼 던진 말이 나중에는 언제 폭발할지 모르는 분노로 변하게 된다. 상처를 준 사람은 쉽게 잊어버릴지 몰라도 상처를 받은 사람은 잊지 못한다.

우리는 말을 잘 분별해서 사용해야 한다. 남에게 상처를 주는 말은 본인에게도 상처가 되어 돌아올 수 있다. 우리는 말하기 전에 신중하게 생각하고 말해야 한다.

사람은 누구나 장점을 갖고 있다. 사람들은 누구나 개인의 고유한 영역이 있다. 그것을 함부로 허물어버린다면 누구나 적지 않은 상처를 받을 수 있다. 그러므로 상대가 싫어하는 것을 건드리거나 말해서는 안 된다.

마음을 상하게 하는 말이나 분노는 일차적 감정이 아니다. 당황함이나 분노는 혼란, 실망, 좌절 또는 슬픔 뒤에 따라오는 것이다. 분노보다 먼저 생긴 이러한 감정 자체를 말로 표현하는 것이 중요하다.

상처를 받아 절망감과 패배감이 마음속에 뿌리를 내린다면 매사에 주눅이 들고 자신감이 없어질 것이다. 상처를 받으면 자신의 주장을 당당하게 펼 수 없다. 상처를 주는 말은 남과 비교할 때 나온다. 다른 사람과 비교하는 것은 매우 자존심을 상하게 하는 일이다.

우리 주변에는 남에게 모욕을 주거나 언어폭력을 휘두르는 사람들이 있다. 잘못된 언어는 우리가 이겨내기 힘든 마음 상태를 일으킨다. 빈정대며 말을 하고 은혜를 베풀거나 선심을 쓰는 척하면서 위선의 말로 상처를 입히는 등 말로 괴롭히는 방법은 여러 가지로 표현된다.

행복한 언어를 쓰는 사람이 행복을 얻을 수 있다. 남에게 행복을 주는 사람이 행복할 수 있다. 우리는 행복을 만들고 행복할 수 있는 언어를 사용하며 살아야 한다.

언어가 아닌 표정으로 상처를 주는 것도 여러 가지가 있다. 어떤 사람들은 지능적으로 남에게 상처를 주기 위해 말보다 표정이나 제스처를 이용하여 상대방을 깎아내린다.

상대방이 말하는 동안 집중하지 않는 행동은 상대방을 불쾌하게 만든다. 이런 행동은 매너 없는 행동이다.

우리의 삶은 하나의 예술 작품이다. 우리의 인생을 새롭게 만들기 위해 모든 열정을 다 쏟아야 한다. 삶을 좋은 작품으로 만드는 것은 우리의 마음가짐에 달려 있다. 따뜻한 말 한마디가 성공을 만든다.

47
긍정적인 언어를 사용해라

잠재의식 중에 부정적인 언어가 가득하면 행동도 똑같이 작용하게 된다. 우리는 긍정적이고 적극적인 생각을 해야 한다. 우리의 잠재의식은 우리의 마음과 행동을 마치 배의 선장처럼 움직이고 있다. 우리는 잠재의식 중에 있는 부정적인 언어를 떨쳐버려야 한다.

두려움이 우리를 지배하도록 내버려 두는 한 우리는 용감하게 살아갈 수 없다. 때때로 두려움과 맞서야 한다. 두려움은 정복할 수도 있고 물리칠 수도 있다.

나폴레온 힐은 이렇게 말했다.

“두려움과 맞서라. 그러면 두려움을 사라지게 할 수 있다.”

우리는 자신이 가지고 있는 능력이 충분히 발휘되어 성공하기를 바라며 풍요와 행복을 누리고 싶어 한다. 또한 변화와 건강과 행복을 누릴 수 있기를 원한다. 그렇다면 우리는 일상생활 속에서 부정적인 말을 삼가야 한다.

잠재의식 중에도 자신감을 갖기 위한 언어를 표현하면 우리의 삶의 모습이 한층 더 활기차게 변할 것이다. 잠재의식은 우리에게 크나큰 영향을 미친다. 자기암시의 효과는 대단히 크다. 그러므로 우리는 항상 잠재의식 중에도 자신감을 가질 수 있는 말을 스스로에게 해야 한다.

옛날부터 “병은 마음에서부터 생겨난다”라고 했다. 병을 만드는 원인은 본인의 마음가짐에 있다. 불안 자체는 병이 아니다. 불안을 두려워하는 상태가 병이다. 괴롭다, 힘들다는 마음을 품고 있으면 그것이 원인이 되어 더욱더 괴로움이 심해지고 힘들어진다. 그러므로 긍정적인 마음가짐이 중요하다.

우리는 긍정적인 언어를 자꾸 써야 한다. 언어는 우리의 마음을 변화시켜주기 때문이다. 우리가 가진 두려움을 이겨내기 위해서 긍정적인 언어를 사용해야 한다.

사람들이 자신이 희망하는 대로 살지 못하는 이유 중 하나는 자신에 대해서 부정적인 말을 사용하기 때문이다. 삶이 여유롭지 못하고 초라해지는 이유도 마찬가지다. 그러므로 삶을 망가뜨리는 부정적인 말을 사용해서는 안 된다.

좋은 일이 생기면 기뻐해야 한다. 그러나 만약 나쁜 일이라면 되새기지 말아야 한다. 나쁜 일은 새삼스레 되새길 필요가 없다. 긍정적이고 낙관적인 마음가짐으로 삶을 살아야 한다.

우리는 삶에 힘을 주는 긍정적인 말을 사용해야 한다. 성공은 또 다른 성공을 유도한다는 말이 있다. 이 말의 의미는 목표한 일이 성공하면 그 체험이 자신감을 불러와 다음의 목표를 이룰 힘을 준다는 것이다. 성공하기 위해서는 한 걸음 한 걸음 착실하게 전진하는 것이 중요하다. 큰일을 급하게 이루고자 하면 대부분 실패하게 된다. 우리 앞에 있는 목표를 달성하여 자신감을 얻고 나서 앞으로 전진하는 것이 중요하다. 눈앞의 목표를 달성하게 되면 다음은 더 큰 목표를 계획하게 된다. 다음 목표가 힘들지라도 성공할 확률이 높아지게 된다.

실패의 원인은 언제나 자신에게 있다. 그 원인 중의 하나가 부정적인 언어를 사용하는 습관이다. 이 습관을 버려야 한다. 그리고 사물을 긍정적으로 바라보고 생명이 넘치는 언어를 사용하면 그만큼 살 만한 세상이 될 것이다.

하루를 시작할 때 희망이 가득 찬 말로 시작하면 하루가 달라진다. 나아가서 삶에 확신이 서고 힘이 솟고 기대감이 넘치게 된다.

안톤 슈낙은 이렇게 말했다.

"누가 모르겠는가, 행복은 멀리 있는 것이 아니라 바로 가까이 있다는 것을. 다만 그쪽으로 팔을 뻗는 사람만이 행복을 만질 수 있다."

우리가 긍정적이고 희망이 가득한 말을 할 때 삶의 모습이 달라진다. 따라서 우리는 긍정적인 마음에서 나오는 희망이 가득한 말을 많이 해야 한다.

베리 벤슨은 이런 말을 했다.

"우리 모두는 성공과 좌절, 불만, 그리고 승리 등 이제까지 살아오면서 겪어온 일들에 둘러싸여 살아간다. 우리는 매일 어머니와 아버지, 그동안 우리에게 도움을 준 모든 사람, 넓게는 우리가 알고 지낸 모든 사람과 더불어 살아가고 있다. 우리는 지금까지 많은 일을 겪으면서 오늘에 이르렀다. 그러나 우리가 겪어온 지난 일들이 우리의 미래를 결정짓는다고 할 수 있을까? 어느 정도 영향을 미칠 수는 있지만 모든 인생을 좌우하지는 않는다. 지난 일보다 더 중요한 것은 바로 그것을 대하는 우리의 태도다. 바꿔 말하면 어떻게 지난 일들을 정리하느냐가 중요하다. 많은 사람이 지난 일에 얽매여 살아간다. 7, 80대 혹은 90대가 될 때까지 유년기의 정신적 충격에서 헤어나지 못하는 사람들도 있다. 우리는 자라고 성숙함에 따라 과거의 희생자가 될 것인가, 아니면 과거를 딛고 일어설 것인가 둘 중 하나를 선택할 수 있다. 또 우리에게 일어난 좋지 않은 일들을 극복하는 법을 배울 수도 있다. 당신의 과거가 어떻든 간에 오늘은 어제와 다른 날이며 앞으로 나갈 수 있는 기회다."

우리의 미래는 우리가 희망을 가지고 있다면 확실하게 달라질 수 있다. 희망은 성공을 만들어낸다. 우리의 행복은 결코 멀리 있는 것이 아니다. 희망을 볼 수 있는 눈만 가지고 있다면 누구나 행복할 수 있다.

우리에게 희망이 가득하다면 사람들이 좋아질 것이고 긍정적인 말을 하게 될 것이다. 우리가 희망을 가지고 살아가려면 사람들에게 호의적이어야 한다.

인간이 살아가는 방법에는 세 가지의 길이 있다.

첫째는 무의미한 길이다. 희망이라든가 의미라든가 목표, 헌신, 계획이라는 것이 전혀 없이 그날그날을 살아가는 삶이다. 이런 사람들에게는 인생이 귀중한 것이 아니라 늘 짜증스럽고 지루한 것이기에 희망적인 언어보다는 절망적인 언어를 쏟아낸다.

둘째는 의미는 있으나 자신의 고정관념에서 조금도 양보하지 않는 길이다. 자신에게 모든 가치 기준을 두고 자신의 사이클에 맞지 않을 때는 모든 것을 부정한다. 이 길은 코스를 변경하느니 바다에 침몰하는 길을 택하는 어리석은 길이다.

셋째는 희망의 길이다. 희생과 자기 부인, 겸손 뒤에 목적을 향한 일념이 있는 길이다. 이 길을 살아가는 사람들은 언제나 희망적인 언어를 표현한다. 왜냐하면 희망이 자신의 눈에 보이기 때문이다.

희망의 삶 – 베튼 브레일리

그대가 어떤 것을 절실히 원한다면

그것을 위해 나가서 싸워라

낮과 밤으로 일해라

그대의 시간과 평화와 휴식을 포기해라

그것만을 간절히 원한다면

미쳐야 한다

결코 지칠 줄 몰라야 한다